Teil 1

Souvenir aus ShaoLin

Xiao Di
...eine Liebe rüttelt die Seele wach

Teil 1
Souvenir aus ShaoLin

Ein autobiografischer Roman

Bibliografische Information der Deutschen
Nationalbibliothek: Die Deutsche Nationalbibliothek
verzeichnet diese Publikation in der Deutschen
Nationalbibliografie; detaillierte bibliografische Daten sind
im Internet über dnb.dnb.de abrufbar.

Frontdeckel-Malerei: WenHai Zhang

Herstellung und Verlag:
BOD – Books on Demand, Norderstedt.

ISBN: 978-3-7543-0064-0

Für meinen geliebten Xiao Di

Auf den Weg gemacht
dem Ruf deiner Seele folgend
ins vertraute Unbekannte
auf der Suche nach Dir

Der erste Atemzug auf chinesischem Boden würgt meine Kehle. Kohlestaub erfüllt die Luft und erdrückt mich gleich auf den ersten Stufen der Flugzeugtreppe. Es ist eine ganz überraschende erste Begegnung mit diesem fremden Land der Mitte. Und Kohlegeruch blieb zeitlebens ein Trigger, der mir China augenblicklich ins Gedächtnis ruft. Eine unsichtbare Schnur zieht mich ahnungslos hierher. Vage erkenne ich einen inneren Plan, dem ich ganz unbewusst aber sicher ins vertraute Unbekannte folge. Neugierig bin ich auf das magische China meiner inneren Vorstellung. Ich erwarte ein tugendhaftes China, ein ehrenhaftes China, ein China des Dao und des Buddha, ein China des Qi Gong und Kung Fu in manch heimlichen Ecken anzutreffen.

Hier in Peking werden ich und drei weitere deutsche Studenten meiner Universität in den nächsten fünf Monaten den praktischen Teil unserer Diplomarbeiten im Rahmen eines interdisziplinären Kooperationsprojekts durchführen. Auf Deutsch werden wir am Flughafen von einem der koordinierenden Professoren unserer chinesischen Partneruniversität begrüßt. Er ist ein junger Professor der neuen Generation und hat als einer der ersten Chinesen nach der Ära von Mao ZeDong an unserer Universität in Deutschland promoviert. Er erweckt gewollt den Eindruck ein verstehender Verbündeter in der Fremde zu sein.

Vor dem Flughafengebäude wartet der chinesische Fahrer der Koordinationseinrichtung der deutsch-chinesischen Zusammenarbeit mit dem dazugehörigen Kleinbus. Während der knapp zwei stündigen Fahrt quer durch Peking sammle ich gierig die ersten chinesischen Eindrücke. Die landwirtschaftliche Universität liegt am nordwestlichen Stadtrand im HaiDian-Distrikt ganz in der Nähe von YiHeYuan, dem Sommerpalast. Direkt gegenüber des Universitätscampus auf der anderen Seite der kaum befahrenen einspurigen Straße ist das Wohngebiet für Universitätsangestellte und auch unser Quartier, das Ausländerhaus. Das Wohnviertel ist zur Universitätsseite hin von einer großen Mauer umgeben. Die Zugangsstraße wird von einem großen allerdings nie geschlossenem Tor geschmückt und die scheinbare Notwendigkeit von Mauer und Tor verliert sich hinter den letzten Häuserblöcken in den Feldern.

Im Erdgeschoss des Ausländerhauses wohnt eine Art Hausmeister, der als Aufpasser von WaiBan, der universitären Ausländerbehörde, abgestellt wurde. Sein Arbeitsplatz ist ein Stuhl hinter seiner Wohnungstür in die eine Glasscheibe auf Augenhöhe eingebaut ist. Den ganzen Tag beobachtet er das Kommen und Gehen im Treppenhaus und notiert höchstwahrscheinlich jede Bewegung sorgfältig in einem kleinen Buch. Besucher müssen sich bei ihm melden und werden uns telefonisch angekündigt, bevor sie die Stufen erklimmen dürfen. Diese Kontrolle empfinde ich erst einmal ungewohnt und negativ, nach einiger Zeit aber erkenne ich darin auch den Sicherheitsaspekt.

Jede Etage des fünfstöckigen Gebäudes hat zwei gegenüberliegende kleine Wohnungen mit spiegelverkehrten Grundrissen. Die Küche liegt in einem kleinen Schlauch zur Straße hin, ein großzügiger Essbereich mit Zugang zu einer kleinen Nasszelle inklusive Toilette direkt neben der Eingangstür folgt und schließlich wendet sich das Wohn- und Schlafzimmer mit einem großen Balkon Richtung

Innenhof. Gekocht wird mit Gas und auch das warme Wasser wird mittels Gasdurchlauferhitzer in der Küche erzeugt. Die Bedienung des Erhitzers ist zu Anfang eine Herausforderung und führt beim Duschen zu ungewollten Unterbrechungen. Die Wassertemperatur wird in der Küche am Gerät geregelt und muss erst durch Hand Ausstrecken in die laufende Dusche und einige Male hin und her zwischen Bad und Küche auf die richtige Temperatur eingestellt werden. Doch trotz sorgfältiger Vorbereitung wird das Wasser plötzlich brühheiß oder eiskalt. Vorzugsweise geht die Flamme im Gaserhitzer gerade nach dem Einseifen aus. Mehrfaches splitternacktes Gewerkel in der Küche am Gerät endet dann meist resigniert mit einer kalten Dusche. Nach einer Weile mit individuellen Versuchsphasen und gegenseitigem Austausch von Erfahrungen meistern wir neuen Hausbewohner dann gemeinsam die erfolgreiche Bedienung des Durchlauferhitzers. Die in China noch sehr dürftig erprobte westliche Toilette mit Sitz und Spülkasten lässt uns oft mit einer Abflussverstopfung sitzen. Das hier übliche Hockklo mit einem im Boden versenkten kleinen Becken ist dagegen erheblich funktionstüchtiger.

Die Wohnverhältnisse der chinesischen Studenten sind sehr einfach. In der Regel teilen sie sich zu viert ein Zimmer mit zwei Stockbetten. Die Einrichtung ist minimalistisch: Spanplatten ohne Bettmatratze. Die wenige Kleidung bleibt in Koffern oder Pappkartons unterm Bett. Wände sind beton blank. Die Gemeinschaftsklos bestehen aus einer langen Rinne über die man sich rittlings hockt. Zentral gibt es ein Badehaus für den ganzen Campus. Gelernt wird in der Bibliothek, unter freiem Himmel, im Labor.

Um möglichst schnell in die chinesische Zeitzone zu finden, halte ich mich am Ankunftstag bis abends wach indem ich mit meiner deutschen Kollegin zu Fuß die ersten zaghaften Erkundungen in die nähere Umgebung mache. Wir folgen dem Weg über die Felder hinter dem Wohngebiet und erreichen eine fast unbefahrene Straße, die entlang eines Kanals führt. Hochmotiviert kann ich hier meine erlernten Chinesischkenntnisse ganz ungezwungen an einem Fahrer erproben, der spontan seinen Kleinbus neben uns anhält. Erstaunt und fasziniert verstehe ich all seine Fragen und bin auch in der Lage ebenso zu antworten. Bevor er davon fährt, gibt er uns seine Visitenkarte mit dem Angebot einer Pekingtour. Doch wir hegen Zweifel und schließlich warnt die Erziehung oder der Instinkt uns vor so einer offensichtlichen Gefahr.

Keiner hat daran gedacht uns mit chinesischem Geld zu versorgen. Erst an unserem zweiten Tag klopft eine Studentin an meine Tür und bringt uns mit öffentlichen Verkehrsmitteln zum Geldwechseln zur Bank of China in die Innenstadt. So sitzen wir nach unserem ersten Entdeckungsgang in meiner Wohnung und essen hungrig die belegten Brötchen, die mir meine Mutter als Reiseproviant für die weite Reise in großer Menge eingesteckt hatte. Berauscht vom Abenteuer in der Fremde plappern wir aufgeregt, als plötzlich jemand an der Tür klopft. Ich öffne und eine achtköpfige Schar chinesischer Studenten drängt in meine Wohnung hinein. Auf Englisch heißt uns die Kleinste in **IHREM** China willkommen. Die vorgeschobene Mission des Besuches der chinesischen Studenten sei uns vor Ort mit Rat und Tat zu unterstützen, der eigentliche Grund ist reine Neugierde. Denn die angebotene Hilfe verschwand später schnell und spurlos in der Masse.

Obwohl ich eine durchschnittliche deutsche Körpergröße habe, überrage ich hier fast jede Frau und jeden Mann. Der Ernährungszustand bestimmt wohl primär das Körperwachstum und nicht nur das in die Breite sondern auch in die Länge. Chinas letzte große Hungersnot (1959-1961) und die kurz darauf folgende Kulturrevolution (1966-1976) und die damit verbundene Mangelernährung der Eltern und der eigenen während der Kindheit und Pubertät betrifft genau die jetzigen Zwanziger, die Studenten. Neben den Auswirkungen der jüngeren chinesischen Geschichte auf den Körperwuchs der Bevölkerung, lässt meine deutsche geschichtliche Schuldverarbeitung des Dritten Reiches den ausgeprägten chinesischen Patriotismus befremdlich und sogar schändlich erscheinen. Nicht selten bekam ich einen - in meinen Auge sehr widerlichen - Daumen hoch gezeigt für Hitler, möglicherweise aus reiner Höflichkeit oder doch wahrhafter Bewunderung.

Mit der Studentenschar tritt auch gleich am ersten Tag die mögliche Realisation einer meiner großen Erwartungen an China ein. Auf die Frage wie wir unsere freie Zeit gestalten wollen, antworte ich sofort mit „I want to learn Kung Fu". „Kung Fu" ist die westliche Sprachvariante des chinesischen „Gong Fu" und wird natürlich nicht verstanden. Nicht nur die Aussprache, sondern auch die Betonung ist im Chinesischen wesentlich sinngebend. Zur Auswahl stehen vier Töne und die Chinesen sind regelrecht besessen von ihrer korrekten Ausführung. Infolgedessen wird selbst im Gespräch unter Chinesen oft ein einzelner Laut wie ein Ball mehrmals hin und her geworfen bis endlich Klarheit über dessen Bedeutung herrscht. Völlig irritiert will ich gerade meinen Ballwechsel mit den Studenten über den Sinn der Worte „Kung Fu" abbrechen, als eine von ihnen das Rätsel soeben noch auflöst. Prompt zeigt wieder die Kleinste auf den einzigen Mann in der Gruppe, ein angeblicher Kung Fu-Meister und bestimmt ihn ungefragt zu meinem künftigen Trainer.

Der Westen ist noch fern. Es ist 1992 und das TianAnMen-Massaker wirkt noch ganz frisch. Einer der wenigen westlichen Vertreter ist der gerade eröffnete McDonalds in der WangFuJing-Straße, der Haupteinkaufsstraße in der Pekinger Innenstadt. Die Globalisierung drückt sich hier vor allem in einer weltweit konformen Benennung der Haupteinkaufsstraßen aus – Königsstraße. Der Versuchung nach vertrautem Essen halte ich jedoch auch in China mit einem McDonalds-Boykott im Namen des tropischen Regenwaldes stand. Alternativ steht uns Pizza Hut im HaiDian-Distrikt viel näher zur Verfügung. Die Preise sind allerdings in beiden Fastfood-Ketten auf westlichem Niveau und somit um das zehnfache höher als der landesübliche Durchschnitt in einem passablen Restaurant. Unser schmales Studentenbudget erlaubt uns nur selten dort einen Besuch abzustatten. Oft genügt uns schon der Gedanke an die theoretische Möglichkeit.

Unser sommerlicher Luxus ist Eis, genauer gesagt Bud's Icecream. Dieses JointVenture-Produkt ist tatsächlich genießbar und schmeckt nicht wie sein chinesisches Pendant nach gefrorenem Zuckerwasser. Bud's Icecream gibt es in den drei wichtigsten Geschmacksrichtungen: Schokolade, Vanille, Erdbeere. Es kommt in einem kleinen Pappbecher mit unhandlichem Plastiklöffel, ganz genauso wie das Milcheis meiner Kindheit. Mit diesen Löffeln lädt man entweder zu viel oder zu wenig Eis auf, damals wie heute. In der fernen Fremde kann jedes noch so kleine Stückchen

Heimat etwas Geborgenheit vermitteln. Und dafür nehm-
en wir schon öfters mal mit unseren Dienstfahrrädern zwei
Stunden Getümmel und Geklingel bis zum Freundschaftshotel im Norden Pekings auf uns. Dort um die Ecke gibt es
die uns einzige bekannte Bud's Icecream Verkaufsstelle in
Peking. Das Freundschaftshotel und seine Gegend ist
schon seit seiner Erbauung im Jahre 1954 ein bevorzugter
Aufenthaltsort des lokalen LaoWais (Ausländer).

Nur wenige Autos stören die unzähligen Fahrräder auf den
Straßen Pekings. Mit so einem großen, schweren und
ganglosen „Fei Ma" (Fliegendes Pferd, eine beliebte Fahr-
radmarke) kann man hier in der nordchinesischen Ebene
mit hohem Tempo dahin rasen. Manch einer allerdings
konzentriert sich lieber auf die äußerste Langsamkeit. Das
Fahrradfahren in der chinesischen Masse erfordert Übung
und Anpassung. Keiner schaut links oder rechts, als ob
unsichtbare Scheuklappen nur ein stures Vorsichthinstarren
erlauben. Doch das daraus zu folgernde Chaos bleibt aus
und das Resultat beschränkt sich auf relativ wenig Unfälle.
Das energische und kontinuierliche Geklingel lässt ein
Fahren nach Gehör vermuten. Das Fahrradgebimmel wird
von hupenden Autos übertönt. Taxis stellen den Haupt-
anteil der wenigen Autos. Privatautos sind nur für die
Reichen erschwinglich und diese Spezies ist derzeit selten.
Die tatsächlichen Verkehrsregeln sind hier recht simple,
denn ohne Ausnahme gilt: Das größere Gefährt hat Vor-
fahrt. Geradeaus fahren im Pulk meistere ich recht schnell,
doch links abbiegen wird zur regelrechten Mutprobe. Das
Abbiegemanöver wird üblicherweise ohne Vorwarnung,
aber behutsam eingeleitet und dann langsam und kon-
tinuierlich ausgeführt. Allerdings ist das System recht
empfindlich, denn durch ein Zögern oder gar Stoppen wird

man schnell zu einem gefährlichen Verkehrshindernis. Für die eigene Unversehrtheit ist hier Berechenbarkeit von großer Wichtigkeit. Selbst ein Fußgänger wendet beim Straße Überqueren das gleiche Prinzip an. Mit der Sicherheit dass sich sowieso nirgendwo eine noch so winzige Lücke zwischen den vorbei ziehenden Fahrrädern zeigt, wird ohne zu Schauen der Fuß auf die Straße gesetzt. Während der Fußgänger die Straße in gleichmäßigem Tempo überquert, umfliessen ihn die Fahrradmassen wie Wasser. Fahrradfahren im Dunkeln birgt noch ganz besondere Gefahren. Die Fahrräder sind weder mit Front-, noch Rücklicht ausgestattet. Auch gibt es keine Straßenbeleuchtung. Man radelt quasi blind und unsichtbar. Der Schwierigkeitsgrad wird durch manch fehlenden Gullydeckel weiter erhöht.

Die wichtigsten Lebensmittel kaufen wir ganz frisch direkt vor unserer Wohnsiedlung auf einem kleinen Bauernmarkt. Jeden Morgen radeln die Bauern mit ihren vollbeladenen Lastenfahrrädern zu dem kleinen Marktplatz und bringen frisches Gemüse, Obst und sogar lebende Tiere. Die Fahrradpritsche wird oft zum Marktstand und manchmal auch zum Aquarium für die schwimmende Ware. Lebende Tiere auf einem chinesischen Markt anzuschauen schnürt mir das Herz zu. Vor Angst gelähmt sitzen sie eng gepfercht in Drahtkäfigen oder hängen kopfüber mit dem Füßen an Fahrradlenker gebunden. Dort warten die armen Seelchen auf ihren Käufer, der ihrem elendigen Leben durch einen wahrscheinlich qualvollen Tod ein Ende setzen wird.

Auf dem Markt wird nicht nur Chinesisch gesprochen, sondern auch mit den Fingern Chinesisch gezählt. Alle

Zahlen von eins bis zehn werden mit nur einer Hand geradezu verschlüsselt. Während meiner China-Vorbereitung halte ich dieses Fingerspiel für belanglos und beschränke mich auf die verbalen chinesischen Zahlen. Meine unmotivierten Lernversuche diesbezüglich scheitern auch an meinen unelastischen Sehnen. Nur unter Schmerzen ist es mir möglich eine chinesische sechs zu gestikulieren. Hierzu werden nur der Daumen und der kleine Finger in die Höhe gereckt und die restlichen Finger berühren wie bei einer Faust die Handinnenflächen. Die Bedeutung dieses beliebten Fingerspiels wird mir bei unserem ersten Einkaufsversuchen fortwährend unter die Nase gehalten. Meine chinesischen Sprechversuche werden überhaupt nicht zur Kenntnis genommen. Und meine verzweifelte deutsche Finger-Zwei wird hier zur chinesischen Finger-Acht. Notgedrungen lernen meine Finger ganz flink dieses Zahlenspiel.

Anfangs wird mein Auftauchen auf dem Markt mit ängstlicher Neugierde beobachtet. Und nicht jeder lässt sich auf ein Verkaufsgespräch mit mir ein. Meine ersten Bananen erstehe ich etwas erstaunt für stolze 50 Yuan (umgangssprachlich für Renminbi, die chinesische Währung), umgerechnet 10 DM (Deutsche Mark). Aus Bequemlichkeit und mutwilliger Gutgläubigkeit beschränke ich meine Einkäufe vorwiegend auf diesen und einen weiteren Marktstand für Gemüse. Viele Wochen später als ich gerade kaufunmotiviert an meinem Stammobststand vorbei schlendere, werde ich ganz unerwartet vom Verkäuferpaar heran gewunken. Wortlos drücken die Zwei mir 40 Yuan in die Hand. Meine Treue plagt wohl ihr Gewissen.

Trotz allerlei lauernder Gefahren erkunden meine

deutsche Kollegin und ich die Umgebung vorzugsweise mit dem Dienstfahrrad. Den Herausforderungen des Busfahrens stellen wir uns nur, wenn unbedingt nötig. Gut vorbereitet gelingt es uns im Bus unter Angabe des Zielortes ein Ticket bei den ausschließlich weiblichen Schaffnerinnen zu kaufen und den Bus an genannter Stelle wieder zu verlassen. Die eigentliche Schwierigkeit ist in den Bus hinein zu kommen. Menschenmassen sammeln sich an den Haltestellen und setzen sich mit sehr geringem Trägheitsmoment in Bewegung, sobald der Bus in der Ferne zu erahnen ist. Während der gesamte Pulk eng aneinander gedrängt auf die Bustüren zu stürmt, wird innerhalb um die vorderste Position gedrängelt. Mit der deutschen Warteschlangendisziplin werden wir stets an das hinterste Ende der wartenden und einsteigenden Menge verdrängt. Sobald der Bus zum Stehen kommt und die Türen sich langsam öffnen, drängt die wartende Masse in den meist schon überfüllten Bus und gleichzeitig versucht sich eine kleiner Menge aus dem Bus herauszupressen. Anzumerken ist, dass die Bustüren die Größe eines durchschnittlichen Omnibusses haben und eigentlich kaum zwei Menschen nebeneinander Platz bieten. Das Spektakel ähnelt einem Nahkampf und wird mit der gleichen Entschlossenheit und Aggressivität durchgeführt. Die Verlierer bleiben abgeschlagen hinter der sich schließenden Tür an der Haltestelle zurück. Sie können sich nur auf den nächsten Kampf vorbereiten um sich eine gute Ausgangsposition zu sichern und auch zu behaupten.

Endlich im Inneren des Busses findet man sich immer noch mitten im Gedränge. Enger Körperkontakt scheint da unvermeidlich. Noch recht unbedarft habe ich keinerlei Hintergedanken, wenn sich Männer mit gleichgültiger

Miene ganz dicht an mich drücken. Meine langsam wachsenden Bedenken werden auf Nachfrage bei einer seit Jahren in China lebenden Deutschen leichtfertig in den Wind geschlagen. Im reichen Ausländerghetto und mit eigenem Auto lebt sie wohl in einem anderen China als wir. Denn meine eigenen Erfahrungen lassen mich an der moralischen Unbedenklichkeit der chinesischen Männern deutlich zweifeln. Auch die Hand-in-Hand herum schlendernden Männer, die hier zum üblichen Straßenbild gehören, beruhigen mich diesbezüglich keineswegs. Zärtlichkeiten oder sogar Berührungen zwischen Mann und Frau sind in der Öffentlichkeit in der Regel nicht sichtbar. Einzige mir bewusste Ausnahme sind frisch Verheiratete auf ihrer Hochzeitsreise. Der Beweis für die Richtigkeit meines unsittlichen Verdachts liefert ein Busengrapscher, der meine Kollegin beim Einsteigen belästigt. Bis zum Ende meines Aufenthaltes entwickle ich eine regelrechte Phobie vor der chinesischen Männerwelt.

China ist ein sehr lautes, ein sehr aufdringliches Land. Ob Mensch, Maschine oder Tier, jeder und alles lärmt inbrünstig und ununterbrochen. Die Grundmelodie geben das ständige Geklingel der Fahrräder und Gehupe der Fahrzeuge. Sogar die Zikaden auf den Bäumen wollen nie Ruhe geben. Mir fällt dabei auf, wie wenig freilebende Vögel es gibt. Die meisten Singvögel sitzen einzeln in kleinen Bambuskäfigen. Ihre stolzen Besitzer treffen sich mit ihresgleichen vorzüglich in Parks und hängen ihren kostbaren Besitz zur Schau und zum Wettgesang in die Bäume. Auf dem Markt und auf der Straße wird fortwährend geschrien. Selbst eine ganz freundliche Unterhaltung hört sich für meine deutschen Ohren an wie ein böser Streit. Ebenso gegenwärtig ist der penetrante

Geruch nach Essen, ranzigem Öl und natürlich Kohlequalm aus den zahlreichen kleinen Garküchen entlang der Straßen. Im Sommer ist die Luft durch die zusätzliche Hitze so dicht, dass man versucht ist sie vor dem Einatmen in kleine Happen zu schneiden. Selbst der Himmel und die Sonne verbergen sich hinter einem graugelben Schleier von Smog und Sandstaub aus der Wüste Gobi.

Chinesisches Essen ist sehr vielseitig und sehr lecker. Das Original hat zum Glück nicht viel mit dem Angebot in deutschen Chinarestaurants zu tun. Die einzelnen Gerichte auf der Speisekarte entsprechen quasi unseren verschiedenen Beilagen. Der mit der Bestellung Betraute sucht je nach Anzahl der Personen genügend Gerichte für einen verschwenderischen Überrest aus. Die Teller mit den einzelnen Gerichten werden in die Mitte des Tisches auf eine Drehscheibe gestellt. Die Ranghohen drehen die verschiedenen Teller hin und her und alle greifen mit ihren Essstäbchen auf jeden Teller zu. Wer es ganz besonders gut mit dir meint, legt die besten Stücke direkt in dein Essschälchen. Reis gibt es erst gegen Ende des Mahls und dient mehr zur abschließenden Sättigung des Essers. Manch einer verzichtet sogar komplett darauf. Im Norden wird alternativ auch Mantou, gedämpfte Brötchen aus Weizenmehl, gereicht. Gegessen wird schnell und laut schmatzend. Knochen und andere ungenießbare Teile werden einfach auf den Boden gespuckt.

Als Vegetarier habe ich überall in China eine größere Auswahl als in einem durchschnittlichen deutschen Restaurant. Hier sind ein paar meiner Favoriten aufgelistet: TuDouSi (stäbchenförmig geschnittene Kartoffeln), SuanMiao (Knoblauchsprossen), MaLaDouFu (scharfer

Toufu), LiangBanHuangGua (rohe Gurkenstäbchen in Essig), JiaoZi (Maultaschen) getunkt in ein Gemisch aus JiangYou (Sojasauce) und Zu (Essig), MianTiaoTang (Nudelsuppe) und vieles mehr.... Am liebsten sind mir die kleinen, ganz einfachen Restaurants. Dort wird die Bestellung lange mit der Bedienung diskutiert, wie und was genau gekocht wird. Anfänglich ist mein einleitender Satz „ Wo Bu Chi Rou" („Ich esse kein Fleisch"). Doch „Fleisch" ist hier ein sehr dehnbarer Begriff. Zusätzlich kann und will niemand verstehen, dass jemand freiwillig kein Fleisch isst. Fleischlose Kost ist den Armen und Mönchen vorbehalten. „Tierlos" spezifiziert nun meine Essensbestellung mit dem Satz „Wo Bu Chi DongWu" („Ich esse keine Tiere"). Doch auch mit diesen Worten bin ich nicht vor unerwünschten Überraschungen gefeit. Schrimps gehören in China offenbar nicht zum Tierreich und Hackfleisch ist ja eigentlich kein richtiges Fleisch mehr. Der schon erwähnte Hang zur Verschwendung beim Essen zeigt sich auch in der maßlosen Zugabe von Erdnussöl beim Kochen oder eigentlich beim bevorzugten Braten des Essens. Das Erdnussöl eignet sich aufgrund seiner guten Hitzestabilität hervorragend für die chinesische Küche, allerdings kämpfen meine Galle und Leber mit dem relativen hohen Anteil an gesättigten Fettsäuren. Konkret vergeht mir nur nach ein paar Happen plötzlich der Appetit, obwohl geschmacklich alles ausgezeichnet ist.

Ich bin ganz von dem Gedanken beflügelt meinen lang gehegten Wunsch die chinesische Kampfkunst zu erlernen. Einige Zweifel über das tatsächliche Stattfinden des Trainings habe ich allerdings, da weder Zeit noch Ort mit dem zukünftigen Lehrer besprochen wurden, noch hat er ausdrücklich zugestimmt. Ohne Namen und jegliche Kontaktinformationen muss ich mich auf ein zufälliges Aufeinandertreffen gedulden. Die Wahrscheinlichkeit einer solchen Begegnung liegt zu meinen Gunsten, denn er ist ein Student meiner betreuenden Professorin. Bis dahin bereite ich mich zuversichtlich und diszipliniert auf diesen Moment vor. Jeden Morgen beginne ich um 5.30 Uhr mit einer halben Stunde Meditation in meiner Wohnung und anschließender einstündiger Laufrunde auf dem universitären Sportplatz. Allgegenwärtig beißt auch hier der Kohlestaub in den Lungen und der gesundheitliche Aspekt der sportlichen Übung ist so wohl eher negativ. Meine Begeisterungsfähigkeit motiviert auch meine deutsche Kommilitonin zum Mitlaufen. Und bis der Sportplatz um 7.00 Uhr von chinesischen Studenten für das morgendliche Sportpflichtprogramm überschwemmt ist, stehen wir schon unter der kalt-heißen Dusche. Doch bald zieht meine deutsche Laufpartnerin ihr bequemes Bett dem Sportplatz vor. Trotzdem renne ich nicht alleine, eine chinesische Studentin dreht ihre Runden auch zu so früher Stunde. Bemüht ignorieren wir uns gegenseitig, bis wir schließlich nach einer Weile beginnen verstohlen unsere Ausdauer und Schnelligkeit zu messen. Wir wechseln niemals ein einziges Wort oder lächeln uns etwa zu, und doch halten wir jeden Morgen nacheinander Ausschau.

Nach einigen Tagen Eingewöhnungszeit werden wir von unseren Professorinnen ins Labor bestellt. Wir diskutieren unsere Diplomarbeitsprojekte und deren Durchführung und ich bekomme einen chinesischen Counterpart, ein Bachelorstudenten, zur Seite gestellt. Meiner deutschen Kommilitonin hilft eine Assistenzlehrerin. Denn wie sich später herausstellte, gab es nur diesen einen freiwilligen chinesischen Studenten. Im Vorjahr hatten die deutschen Studenten wohl keinen überzeugenden Eindruck hinterlassen. Mein Counterpart wirkt auf mich zuerst sehr schüchtern, doch eigentlich ist das nur seine ruhige Art. Er ist groß und schlaksig dünn. Seine viel zu weite Hose hält er mit einem viel zu langen Gürtel über seinen Hüften. In seinem markanten Gesicht sitzt eine Brille auf seiner Nase.

Um uns Zugang zu universitären Einrichtungen zu ermöglichen, erhalten wir einen Bibliotheksausweis. Hierfür werden die Silben unserer Vornamen von den Professorinnen persönlich in chinesische Schriftzeichen transformiert. Diese Schriftzeichen identifzieren uns nicht nur auf dem Ausweis, sondern sollen auch von uns als Unterschrift reproduziert werden. Bei der Wahl aus dutzenden möglichen Zeichen setzen die zwei Frauen deshalb weniger auf eine kreative Bedeutung, sondern mehr auf die Einfachheit der Zeichen. Meinem Namen geben sie die zwei Zeichen 皮 (Haut) und 亚 (unterlegen, zweitrangig). Auf meine Nachfrage hin kehren sie die Bedeutung einfach ins Gegenteil um, schönes Mädchen. Mit Hilfe meines Wörterbuches komme ich ihnen dennoch irgendwann auf die Schliche. Chinesische Namen und deren Bedeutung werden traditionell sehr sorgfältig ausgewählt und transportieren den Wunsch der Eltern für ihr Kind. Die Zeichen meines Namens spiegeln meinen derzeitigen gesellschaftlichen Status in China wider als Mensch zweiter Klasse.

An den Labortagen sind wir bis spät mit verschiedenen Bodenanalysen beschäftigt. Die souveräne Freundlichkeit und kompetente Hilfsbereitschaft meines Counterparts lassen uns schnell als echtes Team arbeiten. Mit der Zeit zeigen sich kulturelle Unstimmigkeiten zwischen den chinesischen Professorinnen und meiner deutschen Aufgabenliste. Ich will eine Analyse durchführen, die nicht im chinesischen Plan vorgesehen ist und sie wird mit mir nicht ersichtlichen Begründungen abgelehnt. Das mittlerweile gebildete Vertrauensverhältnis in meinem Zweier-Team kommt mir hier weit über die von oben angedachte Unterstützung zur Hilfe. Mein Counterpart lässt mich nur wenige Tage alleine rätseln, bis er mir ganz direkt und unchinesisch die eigentliche Bedeutung der Worte der Professorinnen erklärt. Das chinesische „Mei You" („gibt's nicht") ist in diesem Fall nicht nur ein bedingt höflicher Ausdruck für das Nicht-Wollen, sondern eine Kombination von inhaltlich Nicht-Verstehen und tatsächlich fehlendem Equipment. Ich bin erstaunt und berührt über seine absolute Offenheit.

Mit meinem Fachbuch über Bodenkunde im Reisegepäck gelingt es mir diese Wissenslücke auf meiner und der chinesischen Seite zu schließen. Damit sporne ich wissenschaftliche Neugierde an und mein Counterpart ermächtigt sich zum Handeln. Eines Tages führt er mich unverhofft und mit einem breiten Grinsen in ein anderes Gebäude zu einer anderen Abteilung des Departments und überrascht mich mit dem kompletten Equipment für die bisher unmögliche Extraktion der heißwasserlöslichen mineralischen Stickstofffraktionen im Boden. Sechs Glaskolben stehen mit aufgesetzten Glasspulenkondensatoren aufgereiht über Bunsenbrennern. Die wertvolle Gerätschaft steht unter der Obhut seines Studienfreundes und der ist tatsächlich bereit uns alles zur Verfügung zu stellen. Auch unsere Professorinnen besichtigen selbst den Aufbau und stimmen dann der Analyse zu.

Das Analysegerät für die Bestimmung des mineralischen Stickstoffs in den Extrakten steht wieder in der eigenen Abteilung etwas verstaubt in einer Ecke. Die Dicke der Staubschicht korreliert mit den nötigen Anstrengungen für einen reibungslosen Analysenlauf. Das Gerät ist ein Autoanalyser und „Auto" steht eigentlich für automatisch. Doch Analysegeräte sind sensible Wesen und nehmen längere Betriebspausen ziemlich übel. Der Autoanalyser besteht hauptsächlich aus unzähligen Schläuchen und Glasspiralen durch die Flüssigkeiten mit Hilfe einer Schlauchpumpe injiziert und transportiert werden. Eingespritzte Luft portioniert die Flüssigkeit in gleichmäßige Pakete. Der zuständige wissenschaftliche Mitarbeiter erklärt uns die Bedienung: das Computerprogramm, welcher Schlauch in welche chemikalische Lösung gehört, wie das Bläschenmuster in all den Spiralen auszusehen hat usw. Der Probelauf wird zur systematischen Fehlersuche und wir lernen dabei den Analyser ganz intim kennen. Als wir bis in sein Innerstes vordringen, entdecken wir das eine Verunreinigung die eigentliche durch eine UV-Lampe katalysierte chemische Reaktion verhindert. Die entsprechende Glasspirale wird in Deutschland bestellt und nach einigen Wochen ist der heißwasserlösliche Stickstoff tatsächlich analysiert.

Die Bodenproben werden von einer Gruppe freiwilliger Studenten auf einem Weizenfeld in ShunYi County gezogen. Mit einem Bus werden wir alle in die ca. 45 km entfernte Versuchsstation gekarrt. Dort mitten im Versuchsfeld verteile ich meine beschrifteten Tüten und nehme sie mit den entsprechenden Bodenproben befüllt wieder entgegen. Die Freiwilligkeit der studentischen Arbeitseinsätze wird primär durch ein reichliches Mittagessen vom ausgezeichneten Kantinenkoch der Versuchsstation motiviert.

Ein weiterer Teil meiner Diplomarbeit ist die Profilbeschreibung des Bodens des Versuchsfeldes. Dazu begleiten mich zwei chinesische wissenschaftliche Mitarbeiter der betreuenden Professorinnen, die mit Schaufel und Spaten einen senkrechten Schnitt einen Meter tief in den Acker graben. Das Bodenprofil setzt sich aus verschiedenen Schichten zusammen, die ich einzeln vermesse, beschreibe und beprobe. Die Bodenproben für die Bestimmung der Bodenfeuchte und Bodendichte führen mich schließlich in das Labor des Studenten, meinem potentiellen Kung Fu-Lehrer. Unter seiner synthetischen Kleidung lässt sich ein trainierter Körper erahnen. Seine chinesischen Männerschuhe machen ihn mit den hohen Absätzen zwar etwas größer, trotzdem ist er knapp einen Kopf kleiner als ich. Die dicke Hornbrille rutscht ihm fast von der Nase, als er mir den Trockenschrank und die Waage zeigt. Auf einem Zettel hat er schon die ersten Gewichtsdaten gleich am Abend der Probennahme für mich notiert. Mich interessieren seine technischen Ausführungen weniger und angespannt konzentriere ich mich dazwischen die Worte „Kung Fu" bzw. die chinesische Variante „Gong Fu" zu hören. Verunsichert gehe ich gedanklich derweil alle möglichen Gründe für seine diesbezügliche Zurückhaltung durch. Trotzdem entscheide ich diese Gelegenheit nicht ungenutzt zu verschwenden und frage ihn ganz mutig und ganz direkt. Ich bekomme diplomatisch eine ganz unverbindliche Antwort: Treffpunkt ist morgens um 6 Uhr irgendwo auf dem riesigen Campusgelände. „Irgendwo" wird auch auf meine Nachfrage hin nicht näher definiert. Ernüchternd bestimmt nun wieder der Zufall über mein Kung Fu-Training.

Am nächsten morgen klingelt mein Wecker schon um 4.30 Uhr. Nach einer halben Stunde Meditation stehe ich unten vor einer verschlossenen Haustür. Denn der Hausmeister zieht abends nachdem alle Bewohner im Haus und alle Gäste aus dem Haus sind ein Fahrradschloss durch die Ziehgriffe der beiden Schwingtürhälften, zu unserer Sicherheit. Nun will ich ihn so früh nicht wecken und erkundschafte das Fenster im 1. Stock des Treppenhauses als alternativen Ausstieg. Das Fenster ist schmal, aber ich zwänge mich hindurch und gelange bequem auf das Vordach des Hauseinganges. Nur ein kleiner Sprung und ich stehe draußen vor der Tür. Ich bin sehr zufrieden mit mir und meinem Notausgang bis ich eines morgens beim Sprung aus dem Fenster fast in den Armen des Hausmeisters lande. Ich lächele bedenkenlos in sein beunruhigtes Gesicht. Verzweifelt steht er vor mir ohne Worte die unsere Sprachbarriere überwinden könnten. Und mit einem Mal wird mir bewusst, dass er durch meine unkontrollierte morgendliche Flucht sein „Gesicht verliert". Das „Gesicht wahren" („Liu MianZi") ist in China eine sehr wichtige und tief in der Kultur verankerte Angelegenheit. Der ignorante und zielorientierte Ausländer wird da leicht zum tolpatschigen Dieb unzähliger „Gesichter".

Der Hausmeister ist ein alter Mann, etwas rundlich und erstaunlich hochgewachsen. Sein Kopf wirkt durch die kurz geschorenen grauen Stoppeln noch größer und sein klischeegetreues Lächeln scheint immer freundlich. Manchmal verlässt er seinen Posten hinter der Glasscheibe seiner Wohnungstüre und patrouilliert mit einer roten Armbinde in der Nachbarschaft. Die rote Armbinde zeichnet ihn als aktives Mitglied der Nachbarschaftspolizei aus, ein Überbleibsel der Roten Garde. Damals wie heute sorgt sie für Staatskonformität und „öffentliche Ordnung" indem gegenläufige Personen belehrt und denunziert werden.

Ich drehe nun meine Runden eine Stunde früher auf dem Sportplatz, übrigens Zeit genug um meiner chinesischen Laufpartnerin weiterhin zu begegnen. Um nun den Studenten auf dem Campus zu finden laufe ich recht wahllos in erhoffter Richtung des möglichen Treffpunkts. Fast renne ich an ihm vorbei, denn in seinem blauen Trainingsanzug mit Turnschuhen ohne dicke Hornbrille erkenne ich ihn kaum. Er nickt mir nur zu und weist mir wortlos Dehn- und Kraftübungen an. Eine Woche lang treffe ich ihn zur selben Zeit am gleichen Ort und immer der gleiche Ablauf. Bis ich eines morgens alleine da stehe. Seine Abwesenheit interpretiere ich klar und verständlich als seine fehlende Bereitschaft mir das Kung Fu nahe zu bringen. Enttäuscht, aber nicht entmutigt nehme ich dies zur Kenntnis. Entschlossen und unabhängig behalte ich meinen neuen Trainingsplan bei. Ich halte weiter ganz fest an meinem chinesischen Traum. Eines morgens taucht sein Kopf heimlich nur für einen Augenblick hinter einer Hecke auf und ich lasse ihn im Glauben unentdeckt zu sein. Nach einer weiteren Woche erscheint er unvermittelt am Treffpunkt und nimmt ohne Erklärung mein Training wieder auf. Die bestandene Prüfung meiner Entschlossen-heit belohnt er mit einem paar ordentlichen Trainingsschuhen, flexiblen Stoffschuhen mit dünner Gummisohle. Mein Training beschränkt sich auf Kraft- und Dehnübungen und ganz vereinzelte Schlag- und Kicktechniken. Für das eigentliche „Gong Fu" sei laut Student meine derzeitige körperliche Konstitution zu schwach. Und das beharrlich, denn selbst nach fünf Monaten täglich hartem Training begleitet von ständigem Muskelkater bekomme ich gerade mal mit Mühe eine Liegestütz zustande.

Wie ich später erkannte, ist sein Trainingsschwerpunkt eigentlich das „harte Qi Gong". Der Körper soll hier für den Kampf „unverwundbar" gemacht werden. Zum einen wird Qi mit Hilfe der Intention in Organe und Körperteile geleitet um so vor Verletzungen zu schützen. Zum anderen werden durch Klopfen und Schlagen Knochen, Sehnen und Bindegewebe gefestigt und der Körper gestählt. Der Student ist an der ganzen Universität dafür legendär sich mehrmals auf steinhartem Untergrund auf die Knie fallen zu lassen und wieder aufzuspringen und dann mit entrücktem Gesicht einige Minuten zu verharren. Hartes Qi Gong härtet den Körper und den Geist ab. Denn der Körper wird entgegen des Mythos dadurch nicht schmerzunempfindlich, sondern die Angst vor Schmerz soll überwunden werden.

Früh am Morgen herrscht viel Trubel auf dem Universitäts-Campus. Es sind nicht etwa die Studenten unterwegs, sondern die älteren und alten Leute treibt es aus ihren Betten und Häusern ins Freie. Sie drehen ihre Runden im Lauf- oder Schritttempo als schwatzende Grüppchen oder ganz still alleine, je nach Alter, Verfassung und Gemüt. Um den Energiefluss im Körper zu fördern wird zeitweise der Lauf zum Gliederschütteln und Körperklopfen kurz unterbrochen. Manche treffen sich an Sammelplätzen zu westlichen Gesellschaftstänzen oder klassisch chinesisch zum gemeinsamen Qi Gong. In einem Schwatz/Klopfgrüppchen fällt mir eine kleine alte Frau auf, die sich sehr mühsam mit kurzen schlurfenden Schrittchen vorwärts schleppt. Ihre winzigen Füße stecken in bunten Stoffschühchen. Sie hat gebundene Füße. Sogenannte Lotus- oder Lilienfüße galten in China fast 1000 Jahre lang als Schönheitsideal. Die Prozedur des Füßebindens war sehr schmerzhaft. Im Kindesalter wurden bis auf die große Zehe alle anderen Zehen gebrochen und unter den Fuß gebunden. Oftmals entzündeten sich die Füße recht schnell und starben manchmal sogar ab. Dahinter standen die erotischen Fantasien der chinesischen Männerwelt ausgelöst durch den schmerzbedingten trippelnden Gang und der damit verbundenen Hilflosigkeit der Frauen. Der tiefere und archaische Grund war wohl die immobile Frau ins Haus zu verbannen um damit ihre Treue und den leiblichen Nachwuchs zu gewährleisten. Da die systematische Verkrüppelung die Frauen zur trippelnden Hauszierde reduzierte und als Arbeitskraft unbrauchbar machte, war diese Sitte nur in wohlhabenden Kreisen möglich. Erst Mao schuff 1949 das Füße binden endgültig ab um somit rein wirtschaftlich keine potentielle Arbeitskraft zu verschwenden. Diese alte kleine Frau mit Lotusfüßen lächelt mir jeden morgen zu, wenn ich schwitzend und keuchend meinen Körper übe. Ein einziges Mal fragt sie mich: „Ni DuoDa Le?" („Wie alt bist du?"). Ich antworte kurz „ErShiSan" („23"). Die Gesichter der Frauengruppe strahlen und sie nicken mir zufrieden zu. Ihre Freude gilt wohl weniger meiner sportlichen Bemühungen, sondern viel mehr meinen Chinesischkenntnissen. Diese sind gerade ausreichend um den einfachen Sprachtest zu bestehen.

Schließlich fordern die allgegenwärtigen Kohleschwaden meinen Tribut. Die schmutzige und sehr trockene Luft strapaziert die Schleimhäute meines Halses. Doch anstatt das Training eigenverantwortlich zu unterbrechen, versuche ich die Aufmerksamkeit des Studneten mit einem umgebundenen Tuch auf meinen schmerzenden Hals zu lenken. Vergeblich, denn wie ich später erfuhr vermied er mich beim Training anzuschauen und ohne Brille war er fast blind. Nach ein paar Tagen ist mein Hals stark entzündet und vollkommen zugeschwollen. Ich kann nichts mehr Essen, nichts mehr trinken, nicht einmal mehr meinen Speichel abschlucken. Stumm und leidend liege ich im Bett. Speichel läuft mir seitlich aus dem Mund und nässt das Kopfkissen ein. In einem starken Moment krieche ich aus dem Bett vor zur Wohnungstür um sie leicht zu öffnen. Damit hoffe ich Aufmerksamkeit zu erregen und vor allem hoffe ich auf Hilfe. Mein SOS-Signal bezahle ich mit fürchterlichen Schmerzen und ich brauche einige Zeit im Bett bis ich wieder einigermaßen gefasst vor mich hin sabbere. Ich bin absolut handlungs-, bewegungs- und vor allem trainingsunfähig und werde eigentlich gerade im Labor des Studenten zum Bodenproben Wiegen erwartet.

Tatsächlich beunruhigt die geöffnete Wohnungstür meine deutsche Kommilitonin auf dem Weg in ihre Wohnung gegenüber. Zögernd streckt sie mit einem fragenden „Hallo" ihren Kopf durch die Tür, und ich krächze ein schwaches und qualvolles „Ja" zurück. Als sie vor meinem Bett steht, sieht sie erstaunt wie erbärmlich mein Zustand ist. Ich flüstere ihr mein vorerst dringlichsten Anliegen zu und schicke sie mit einer Entschuldigung ins Labor. Müßig leide ich vor mich hin und mit jeder weiteren Stunde verzweifele ich etwas mehr über meine schmerzliche Lage. Am späten Nachmittag schaut ein weiterer Kopf mit einem zaghaften „Hello" durch die immer noch offene Tür und fordert mich jäh aus dem Selbstmitleid in die Selbstkontrolle. Der Student steht nicht unvorbereitet vor meinem Bett. Er gibt mir ein kleines schwarzes Fläschchen mit kleinen schwarzen Kügelchen. „Zehn Stück dreimal am Tag", ist seine Verordnung. Dann verschwindet er in der Küche und kocht einen Tee aus frischem kleingeschnittenem Ingwer und Zucker. Er drückt mir die heiße Tasse in die Hände und ganz vorsichtig nippe ich daran. Beim ersten Schluck brennt die scharfe Flüssigkeit wie ein Feuerball langsam und vernichtend meinen Hals hinunter. Unter Aufsicht bin ich gezwungen weiter zu machen und zu meinem erstaunen wird jeder weitere Schluck leichter und sogar angenehm. Schon nach der ersten Tasse bin ich wieder in der Lage meinen eigenen Speichel relativ schmerzfrei abzuschlucken. Die Rezeptur für dieses potente Wundermittel gab ich später ungefragt als Geheimtipp an jeden Halswehgeplagten weiter. Während ich bettlägrig bin, steht der Student nun täglich in meiner Küche und kocht den Wunderingwertee für mich. Ganz plötzlich ist er gesprächig und während er die Einnahme beaufsichtigt, redet und redet er. Die Schmerzen in meinem Halsen verbannen mich weiterhin zum alleinigen Zuhören. Schon nach einer Woche intensiver Pflege bin ich wieder auf den Beinen.

Der Reichtum an Kulturschätzen in ganz China bezeugen seine mehrere tausend Jahre alte hochkulturelle Geschichte. Peking ist vollgestopft mit Palästen, historischen

Bauten, Gartenanlagen und Tempeln. Die To-See-Liste ist lang und das Risiko mit einem knappen halben Jahr Pekingaufenthalt die wichtigsten Sehenswürdigkeiten am Ende wegen Zeitmangel zu versäumen will selbst ich nicht eingehen. Gemeinsam mit meiner deutschen Kommilitonin plane ich für die ersten Wochenenden die wichtigsten Besichtigungen, die Verbotene Stadt im Zentrum von Peking und der Großen Mauer. Bei der Umsetzung unserer Unternehmung sind wir aber recht zögerlich, da der öffentliche Transport mit meinen inzwischen als spärlich eingestuften Chinesischkenntnissen recht undurchschaubar ist. Und hier am Rande der Stadt sind Taxis nur ein sehr seltener Anblick. Die durch meine Halsentzündung angeregte verbale Interaktion mit dem Studenten ermutigt mich ihn hierbei um Hilfe zu bitten. Allerdings schiebt er die Antwort auf meine Frage auf und bittet um Bedenkzeit. Er nutzt die Verzögerung um sich Rat und Informationen bei seinen Kommilitonen zu holen. Einen freiwilligen Begleiter findet er unter ihnen nicht. Die Neugier auf die LaoWais (Nicht-Chinesen) ist wohl doch nicht groß genug um dafür Zeit und Mühe zu opfern. Im Übrigen beschränken sich unsere näheren Kontakte zu der einheimischen Bevölkerung hauptsächlich auf die uns im Rahmen der wissenschaftlichen Forschungen zugeteilten Individuen. Es fehlt nicht nur jeglicher Raum um zufällige Bekanntschaften zu machen, auch die Sprachbarriere scheint unüberwindbar. Die vor allem durch mangelnde Übung bedingten Hemmungen verhindern eine Verständigung in der gemeinsamen Sprache Englisch.

Schließlich akzeptiert der Student seine neue Rolle als Fremdenführer und er bestellt uns am Wochenende morgens nach dem Training an die Bushaltestelle genau vor unserem Wohnviertel. Anfang April ist das Wetter herrlich und noch ist die Sonne deutlich am klaren blauen Himmel zu sehen. So früh am morgen warten wir nur mit wenigen zusammen auf den Bus und gelangen auch ohne Probleme hinein und sogar auf einen Sitzplatz. Er bringt uns nach XiZhiMen ein Verkehrskontenpunkten an der 2. Ring Straße. Bis 1969 stand an dieser Stelle ein großes Tor, das Einlass in die Stadt durch die Stadtmauer gewährte. XiZhiMen ist unsere Anbindung an die Metro. Hier steigen wir in Linie 2 von insgesamt zwei Linien. Linie 2 ist eine Ringlinie die dem Verlauf der Ming-Stadtmauer folgt. Das Ticket kostet gerade mal 5 Jiao (5 Pfennig). Ausstieg ist an der Station QianMen und von dort gehen wir zu Fuß zum TianAnMen GuangChang (Platz des himmlischen Friedens). Der Platz im Zentrum von Peking ist mit knapp 40 Hektar riesig. Durch seine Größe und zentrale Lage eignet er sich besonders für spektakuläre Protestaktionen gegen die Machthaber und Machtdemonstrationen der Staatsführung. Das letzte blutige Zusammentreffen beider Seiten gipfelte 1989 im sogenannten TianAnMen-Massaker. Der TianAnMen-Platz wird in allen vier Himmelsrichtungen von wichtigen Gebäuden begrenzt. Im Westen liegt die große Halle des Volkes, im Osten das Chinesische Nationalmuseum, im Süden das Mausoleum mit Mao ZeDongs konserviertem Leichnam und im Norden liegt unser Tagesziel, das Tor des Himmlischen Friedens zur Verbotenen Stadt (ZiJinCheng, umgangssprachlich oft GuGong). Beklemmt überqueren wir diesen gewaltsamen Platz.

Auf der anderen Seite von Chang'An, eine große Hauptstraße die direkt am nördlichen Rand des

TianAnMen-Platzes verläuft, stehen wir dann schließlich vor diversen Kassenhäuschen. Wir sind die einzigen Besucher, die an der speziellen Kasse für Ausländer spezielle Tickets für Ausländer zu einem speziellen Ausländerpreis von 50 FEC (Foreign Exchange Certificate), der speziellen Ausländerwährung, kaufen. In China gibt es tatsächlich eine Ausländerwährung. Ausländer erhalten beim Geldwechsel in der Bank ausschließlich FEC und dürfen offiziell auch nur mit dieser Währung bezahlen. Die staatlichen Einrichtungen und alle größeren Hotels halten sich strikt an diese Vorgabe. Der Sinn hinter dieser Regelung ist den Schwarzmarkt für ausländischen Geldwechsel zu unterbinden und somit der chinesischen Bevölkerung den Zugriff auf eine international akzeptierte Währung zu blockieren. FEC wurde 1980 eingeführt, aber schon 14 Jahre später im Jahre 1994 im Zuge der wirtschaftlichen Öffnung Chinas durch Deng XiaoPing wieder abgeschafft. Die Chinesen bezahlen buchstäblich in der Währung des Volkes, RenMinBi. Der RenminBi unterteilt sich in drei Einheiten. Hier in 10er Schritten im Wert vermindernd aufgeführt: der Yuan (umgangssprachlich Kuai), dann der Jiao (umgangsprachlich Mao) und der Fen. Für alle Einheiten gibt es Scheine und Münzen. Mit den Scheinen hantiere ich am liebsten. Der Student bezahlt am Kartenhäuschen für chinesische Bürger drei Yuan für seine Eintrittskarte.

So betreten wir die Verbotene Stadt durch das Himmlische Tor des Friedens. Hier lebten die Kaiser der Ming- und Qing-Dynastien von 1437 bis 1911. Das rechtwinklige Gelände erscheint sehr weitläufig mit 72 ha Grundfläche und 15 ha bebaut mit fast 900 Palästen und zahlreichen Pavillons für das ganze Harem und den dazugehörigen

Hofstaat. Damals war das höfische Leben von Intrigen und Korruption durchtränkt und fast jeder unabhängig von Rang und Ansehen musste um sein Leben fürchten. Heute sind in einigen Palästen diverse Ausstellungen: Kleidung, Schmuck, Fotografien. Wir beschränken unsere Tour auf die Gebäude und wir konzentrieren uns mehr auf die Ästhetik als auf den geschichtlichen Hintergrund. Die prunkvollen Bauten mit gelb glasierten Dachziegeln sind aus Holz und wunderschön bemalt. Gelb war die Farbe des Kaisers und durfte von niemand anderen getragen oder verwendet werden. Besonders mag ich die Tafeln, die hoch über den Eingängen angebracht sind und die Hallen benennen. Die schwarzen Schriftzeichen sind auf einem harmonischen, sanften, tiefen, himmelblauen Hintergrund geschrieben. Der Drachenthron in der Halle der höchsten Harmonie ist mir noch eindrücklich von Bertolucci's Verfilmung „Der letzte Kaiser von China" im Gedächtnis und ich finde es tatsächlich aufregend nun direkt davor zu stehen.

Für unsere erste Stadtbesichtigungstour haben wir deutschen Vegetarier auch ein berühmtes vegetarisches Restaurant ausgesucht. Der kleine Reiseführer empfiehlt das Restaurant GongDeLin in der QianMen DaJie in Fuß-nähe zur Verbotenen Stadt. Erstaunlich ausgerechnet in China so ein spezialisiertes Restaurant zu finden, in einem Land wo Fleischgerichte einen guten Gastgeber aus-zeichnen und Vegetarismus auf regelmäßiges Unver-ständnis stößt. Allerdings ist das Restaurant für seine täuschend echten Imitationen von Fleisch- und Fisch-gerichten berühmt. Erst beim Betreten des Restaurants ahnen wir, dass die Fertigkeit dieser Spezialisierung seine Klasse und damit auch seinen Preis hat. Bisher sind wird das einheimische Preisniveau gewohnt und wachen gerade perplex mit knapper Kasse in der Preiswelt für ausländische Touristen auf. Die gemeinsame Summe zweier Kassenstürze genügt gerade mal für drei verschiedene Gerichte. Da reicht das Essen nicht mal zum richtig statt werden. Beim Verlassen des Restaurants kann man den Magen des Studenten vor Hunger fast knurren hören.

Für den nächsten Wochenendtrip zur Großen Mauer kann ich wieder den Studenten als Reiseleiter gewinnen. Mit dem öffentlichen Bus geht es bis XiZhiMen, ein paar Meter zu Fuß zum Nordbahnhof und dann mit dem Zug 80 km in den Nordwesten nach BaDaLing. Der Mauerabschnitt in BaDaLing wurde 1957 als erster Mauerteil für die Öffentlichkeit zugänglich gemacht und hat bis heute die meisten Besucher. Der Tag ist herrlich, der Himmel strahlend blau und die Temperatur sehr angenehm. Außerhalb der Hauptreisezeiten teilen wir uns die Mauer nur mit einer überschaubaren Menschenmenge. Wir schlendern auf der Mauer entlang und schon nach wenigen hundert Metern sind wir unter uns. Die Mauer selbst bringt ehrlicherweise kein besonderes Staunen in mir hervor, ich habe sie mir viel monumentaler vorgestellt. Es ist ja auch eigentlich nicht ihre Größe die imponiert, sondern ihre Länge. Auf Chinesisch heißt die Mauer „ChangCheng", lange Mauer, was für eine Länge von 6 350 km viel passender scheint. Ich bin bekennender Kulturbanause und Kultur benötigt das dazugehörige Hintergrundwissen um zu beeindrucken. In unserer heutigen technisierten Zeit sind riesige Bauwerke alltäglich und kein Wunderwerk mehr. Erst die innerliche Visualisierung der tatsächlichen Baumittel der damaligen Zeit beeindrucken mich. Der Spaziergang auf der Mauer gibt einer klassischen Entwicklung ganz anderer Art Gelegenheit sich zu zeigen. Offensichtlich bleibt der letzthin intensivere Kontakt mit dem Studenten nicht ohne Folge, denn immer wieder trägt der Wind in Englisch geflüsterte Liebesbotschaften an mein Ohr. Erschrocken, geschmeichelt und hilflos ignoriere ich sie schlichtweg.

Die strenge Kontrolle der Besuchsaktivitäten im Ausländerhaus und auch deren Meldung bei WaiBan, der universitären Abteilung für Ausländerangelegenheiten, halten den Studenten nicht davon ab, mich weiterhin fast täglich in meiner Wohnung zu besuchen. Der Hausmeister gewöhnt sich sogar derart an seinen Anblick, dass er es nicht mehr für nötig hält den üblichen Ankündigungsanruf bei mir zu tätigen. Nach einiger Zeit fühlt sich der Student trotz hausmeisterlicher Überwachung so sicher, dass er beschließt meine Grenzen seiner Möglichkeiten auszutesten. Mit den Worten „I do not want to go home" („Ich will nicht nach Hause gehen"), triggert er über meine Empathie und Naivität das unvorstellbare Angebot doch über Nacht hier zu bleiben.

Wie ich erst Jahre später erfuhr, bin ich ein Empath. Empathen sind hypersensitive Menschen, die Emotionen anderer Menschen, Tiere und auch Orte im eigenen Körper fühlen. Empathen werden mit dieser Fähigkeit geboren und sie werden unvorbereitet damit geboren. Für einen Empathen ist es sehr schwierig in einer gegebenen Situation zu unterscheiden, ob es die eigenen Gefühle sind oder von Außen aufgenommene. Besonders wenn man sich seiner Empathie nicht bewusst ist, führt dies quasi zu fremdgesteuerten Gefühlen und auch Handlungen. Verwirrt beobachtet man sich selbst, weiß nicht warum man so fühlt, so spricht und so handelt. Erst nachdem man aus der Situation herausgetreten und wieder ganz bei sich ist, kann man meist nur unverständig den Kopf über das eigene Verhalten schütteln. Manchmal werden Empathen von unerklärlichen Gefühlen überwältigt, die aus dem „eigenen" Nichts zu kommen scheinen, denn Empathen können auch Gefühle anderer aus der Entfernung aufnehmen. Solange man sich seiner Empathie nicht bewusst ist, ist diese Fähigkeit eine große Bürde im Leben. Sie führt häufig zu schwerwiegenden Konflikten mit dem menschlichen Umfeld. Häufig werden Empathen von Narzissten manipuliert. Andererseits gewinnen Empathen sofort das Vertrauen der Mitmenschen, da sie quasi im Gleichklang mit dem Gegenüber schwingen. Ist sich ein Empath einmal seiner Fähigkeit bewusst, beginnt eine mühsame Lernphase individuelle Methoden zu entwickeln um aufkommende Emotionen ihrem Ursprung zu zuordnen. Der schwierigste Teil ist wohl, die Fremd-emotionen in sich gleichmütig zu beobachten und sich nicht zu Gefühlsausbrüchen jeglicher Art hinreißen zu lassen. Doch wenn dies einmal gelingt, wird Empathie zu einer großen Gabe. Der Gegenüber wird durch die Worte und die Maske hindurch ungeschminkt gesehen.

Meiner Empathie noch völlig unbewusst, bin ich ein leichter Spielball für meinen manipulativen und willensstarken Gegenüber. Mit dem Studenten als Übernachtungsgast, befinde ich mich nun plötzlich und noch völlig ahnungslos in einer sehr kritischen Situation. Vielleicht kulturell, ge-schlechtsspezifisch und/oder erfahrungsbedingt inter-pretieren wir die unpräzisen Worte des jeweiligen Anderen ganz abweichend von ihrer eigentlichen Bedeutung. In meinem Szenario schlafen wir nicht einmal im gleichen Raum oder zumindest nicht im gleichem Bett. Doch dann geht alles sehr schnell und nach seinem Drehbuch. Ich finde mich nur noch in Unterhose und T-Shirt mit dem sehr bestimmten Versuch mich zu küssen in seinen Armen wieder. Neben mangelnder Kenntnis scheitert die Küsserei wohl hauptsächlich an fehlender Leidenschaft und Hingabe. Lieblos und voller Gier zieht er saugend an meiner Zunge bis ich vor Schmerz aufschreie. Normalerweise sollte diese Inkompatibilität wohl das Scheitern des ganzen Unternehmens einleiten. Ich fühle mich sehr unwohl und bin völlig unfähig aus dieser Situation herauszutreten. Seine körperliche Nähe empfinde ich drängend und distanziert. Meine zaghaften Gesten und Worte halten sein Verlangen nicht auf. Auf meinen deutlicheren Widerstand hin fleht er wimmernd. Mit heftiger Diskussion beginnt ein Gerangel um meine Unterhose. Seine kleine Pinkelpause lasse ich, inzwischen ohne Unterhose, ungenutzt verstreichen und verwerfe meinen Plan mich schnell anzuziehen und unter dem Bett zu verstecken als kindisch. Ich bin nicht zu einer selbstschützenden Stärke erzogen worden. Er setzt meinem Widerstand sein unablässiges Gedränge, Gequengel und Gewimmer entgegen. Ich baue meine letzte Abwehr auf seine fehlenden verhütenden Maßnahmen auf. Doch er schmettert meine Befürchtung schwanger zu werden souverän mit einer Lüge ab. Unabhängig voneinander hatten wir beide wohl von einer daoistischen Sexualpraktik gelesen, bei der die Ejakulation des Mannes in die Harnblase erfolgt. Er versichert mir überzeugend, dass er durch seine jahrelange Meditationsübungen dazu in der Lage sei.

Aus politischen Gründen waren zu dieser Zeit keine nähere Kontakte zwischen Ausländern und Chinesen erwünscht und beide Seiten wurden mit schweren sexuell übertragbaren Infektionskrankheiten abgeschreckt. Die chinesische Seite propagiert die mit AIDS verseuchten und sexuell freizügigen westlichen Ausländer. Doch anstatt abzuschrecken, weckt diese Propaganda nur die Neugier auf „das lockere Sexualverhalten" und dessen Durchführung. Uns deutschen Studenten hat man mit der den mangelnden Hygienebedingungen geschuldeten „chinesischen Hepatitis" indoktriniert. Da ich nicht einmal in der Lage bin meine Seele zu retten, reicht die mentale Stärke auch nicht aus um meinen Körper zu schützen.

Unabhängig von der innerlichen Schwäche die Tür zur Selbstbestimmung zu öffnen, bringt auch die universitäre Politik von außen ein Schloss an. Denn würde der Student und unser Treiben vom Hausmeister und somit vom WaiBan entdeckt, hätte das für uns beide gravierende Konsequenzen nach sich gezogen. Er würde sicherlich von der Universität verwiesen und ich sofort nach Deutschland zurückgeschickt werden. So sitze ich in der Falle, habe mich und meinen Glauben an die große Liebe verraten. Und ich gebe nicht nur den Kampf gegen seine Gier auf, sondern damit gebe ich auch mich selbst auf. Starr und verkrampft liege ich da und füge mich, lasse ihn ungeschickt und mühselig über meinem Körper walten. Trotz unzähliger Versuche gelingt es ihm nicht in mich einzudringen. Doch anstatt diesen letzten Notausgang den diese klägliche Situation mir bietet zu öffnen, vollziehe ich den Akt indem ich seinem orientierungslosen „angewachsenen Hahn" mit meiner Hand den Weg weise. Als er eindringt verziehe ich das Gesicht vor Schmerz, doch er übersieht dies gleichgültig. Ganz auf sich fokussiert befriedigt er unbeirrt und ausdauernd seine Lust. Seine Ejakulation landet nach einer quälenden Ewigkeit anstatt in seiner Harnblase auf meinem Bauch. Erst viele Jahre später begriff ich, dass er nicht nur gegen meinen Willen in meinen Körper eingedrungen ist, sondern auch von meiner Seele Besitz ergriffen hat.

Der Student muss bis morgens bleiben, da die Eingangstür seines Wohnheim nachts verschlossen ist. Ich liege elend wach. Alle meine Wünsche und Hoffnungen gebe ich für seine auf und begrabe sie unter meinen Tränen neben ihm im Bett. Er schnarcht zufrieden und lässt mich nun in Ruhe. Ich stecke hier in einer Situation, die mich über-raschend und unvorbereitet erwischt. Ich versuche nach-zuvollziehen was gerade passiert; wie ich überhaupt hineingeraten bin; warum ich nicht aussteige. Mit meinen Vermutungen kratze ich derzeit an der Oberfläche. An erster Stelle mache ich meine praktische und theoretische Unerfahrenheit mit Beziehungen und sexuellen Dingen verantwortlich. Sein emotionales und eigensüchtiges Verhalten überfordert mich, ich habe keine Ahnung wie ich darauf reagieren kann. Zudem fühle ich mich gerade sehr verletzlich, schwach und gedemütigt. Denn mein Trip nach China beendet auch meine Nützlichkeit in einer opportun-istischen Freundschaft von der ich mir so viel mehr erwünscht hatte. Den letzten Schubs geben die an mich gestellten Erwartungen und der nüchterne Pragmatismus es endlich hinter mich zu bringen. Dieses vielseitige Zusammenspiel macht mich zu seiner leichten Beute.

Noch vor Tagesanbruch springt er von Hausmeister und Nachbarn unbemerkt aus dem Fenster im Treppenhaus. Völlig müde, frustriert und verzweifelt möchte ich mich unter meiner Decke im Bett vergraben, doch ich will Normalität nach Außen vor allem gegenüber dem wachsamen Hausmeister demonstrieren. Zu meiner üblichen Zeit verlasse ich das Haus, drehe meine Runde auf den Sportplatz. Im naiven Glauben die Situation wieder unter meine Kontrolle zu bringen, treffe ich auch den Studenten zum Training. So ein schnelles Wiedersehen hat er nach unserer uneinigen Billigung des nächtlichen Geschehnis nicht erwartet. Entschlossen will ich dem Anfang gleich ein Ende setzten: „We never do that again" ("Wir machen das nie wieder."). Doch er hört meine Worte nicht, sowie er sie auch später nie gehört hat. Ich kann mich nicht mehr erinnern, wie es ihm gelang seinen Willen immer wieder durchzusetzen. Ich stecke in einer „Liebesbeziehung" mit dem Studenten fest. Er versichert mir täglich wie sehr er mich liebt und da kann ich ihn doch nicht enttäuschen?! Im Laufe der Jahre drehte er die Worte um: „Es gibt niemand außer mir, der es mit dir aushalten kann." Meine Seele scheint machtlos mit einem wie fremdgesteuerten Geist. Fleißig zog ich seinen Karren durch mein Leben und er hielt von allen unbemerkt, einschließlich meiner selbst, die Zügel straff in den Händen.

Als unsere wohl nicht so geheime Beziehung schon einige Wochen aktiv ist, klopft der Student eines nachmittags überraschend an meiner Tür und bleibt gegen seine Gewohnheit nur einige Minuten. Nicht einmal eine halbe Stunde später klopft es erneut sehr energisch an meiner Tür. Verwundert öffne ich und zwei Leute von WaiBan dringen regelrecht in meine Wohnung ein gefolgt vom Hausmeister. Das rege Treiben des Studenten im Ausländerhaus hat wohl Verdacht erregt und WaiBan zum Handeln veranlasst. Der Hausmeister hat vermutlich beim Eintreffen des Studenten WaiBan telefonisch alarmiert und deshalb auch sein schnelles Weggehen nicht bemerkt.

Überrumpelt und verwundert beobachte ich die Leute von WaiBan dabei, wie sie meine Wohnung durchsuchen. Sie schlagen die Bettdecke zurück, untersuchen das Bettlaken und reißen die Schranktüren auf. Da sie nicht finden was auch immer sie suchen, fühlen sie sich genötigt ihr Handeln zu rechtfertigen. Beiläufig erwähnen sie, dass dies nur eine Routineinventur sei und verlassen dann zusammen mit dem Hausmeister das Schlachtfeld. Ich bleibe eine Zeit lang ziemlich geschockt zurück. Bis ich erkenne, dass dieser Vorfall mir zur Hilfe eilt um mich aus der intimen Beziehung zum Studenten relativ einfach lösen zu können. Doch er lässt sich von diesem Zwischenfall keineswegs irritieren und aus unerklärlichen Gründen überlasse ich ihm allein die Entscheidung. Wie er immer wieder betonte, scheint Buddha ihn unter besonderen Schutz gestellt zu haben. Ich kann mich nicht erinnern, dass er jemals in einer gefährlichen Situation in wirklichen Schwierigkeiten war. Entweder blieb er unentdeckt oder kam ohne Schaden davon.

Ich gewöhne mich an die Beziehung mit dem Studenten und unterwerfe mich nun ohne weitere Vorbehalte seinem Reglement. Er betreibt eine strenge Zensurpolitik bezüglich Informationen, die in mein Bewusstsein hinein oder durch meinen Mund heraus gehen. Nach drei Monaten gemeinsamer Heimlichkeit entdecke ich eines seiner ganz persönlichen Geheimnisse. Da ich den Studenten dringend sprechen will, warte ich nicht auf seinen willkürlichen Besuch, sondern suche ihn nur dieses eine Mal in seinem Wohnheim. Problemlos finde ich das Gebäude, dass er mir einmal ganz beiläufig gezeigt hat. Nervös steige ich die Treppen hoch und erreiche nach zahlreichen Stufen seine Zimmernummer. Zaghaft klopfe ich an die Tür und sein

Mitbewohner öffnet mir. Er scheint wohl schon von mir gehört zu haben und ist nicht sonderlich überrascht eine Ausländerin vor seiner Tür zu sehen. Etwas selbstgefällig und ganz bewusst lässt er die Bombe direkt platzen. Ohne Umschweife verkündet er, dass der Student im Moment mit Frau und Kind im universitätseigenen Hotel wohnt. Er beobachtet mein Gesicht dabei ganz genau und lauert vergeblich auf irgendeine Reaktion. In einer Art Schock-starre versuche ich meine aufgewühlten Gedanken zu sortieren. Warum hat mir niemand erzählt, dass er verheiratet ist? Nach meiner Kenntnis dürfen Studenten in China überhaupt nicht verheiratet sein. Wie ich später erfuhr, traf das Heiratsverbot nur auf Bachelorstudenten zu. Ich entscheide mich sehr schnell für die Verneinungs-strategie. Während der Mitbewohner noch sehr sorgfältig seine Haare vor dem Spiegel in Ordnung bringt, gehe ich hier von einer Verwechslung aus. Ich bin mir sicher, dass er mich zu einem Unbekannten führt. Ich vermeide eine komplizierte Diskussion mit dem Mitbewohner indem ich ihm wortlos zum Hotel folge.

Und plötzlich stehe ich dem Studenten gegenüber, an seiner Hand hält er ein zweijähriges Mädchen. Wir sind beide völlig überrascht, es gelingt uns aber irgendwie unsere Fassaden bis zum Verschwinden des Mitbewohners aufrechtzuerhalten. Nur der Student und das Kind sind zu sehen, seine Frau ist abwesend. Als wir mit dem Kind alleine im Raum sind, falle ich in mich zusammen und Tränen strömen an meinen Wangen herunter. Mit dem offensichtlich entlarvten Betrüger, sticht auch wieder mein eigener Verrat an mir selbst ganz tief in meine Seele. Doch selbst diese aussichtslose Lage meistert der Student ohne Verluste schnell und kreativ. Wie er mir später erzählte, bedient er sich gerne aus dem reichhaltigen Topf der chinesischen Kung Fu-Legenden von Heldentum, Ehrenhaftigkeit und Bruderschaft und verwendet auch ungeniert die dort angewandten trickreichen Strategien um unbeschadet aus jeglicher Situation herauszufinden.

Diese Geschichte beginnt mit einem todkranken Kung Fu-Bruder (jeder männliche Freund, Bekannte oder Kollege jeglicher Art wird in China gerne Bruder genannt) und dessen schwangere Frau. Am Totenbett verspricht er dem „Bruder" für die Frau und das noch ungeborene Kind zu sorgen und ein adäquates Kümmern heißt hier Heirat. Ganz wichtig fügt er hinzu, dass diese Ehe aus Respekt vor dem toten Kung Fu-Bruder in Keuschheit geführt wird. Der Student legt großen Wert darauf mir seine sexuelle Unerfahrenheit glaubhaft zu machen. Meine Navität glaubt ihm sofort jedes Wort, doch meine Logik wundert sich über die Beweggründe der „Pro forma-Ehefrau" für einen Besuch im fernen Peking. Warum nur gebe ich mich mit seiner Antwort „nur aus Langeweile" zufrieden und glaube ihm diesen Nonsens? Und plötzlich entzieht er mir ganz schnell meine Rolle und wird statt Täter selbst zum Opfer: Ich sei seine große Liebe, die er nie zu finden glaubte. Und er ist nicht bereit mich wegen eines Versprechens aufzugeben. Warum nur lässt mich sein Geschwätz schwach und machtlos werden? Somit legt er wieder einmal das unveränderte Fortbestehen unserer Beziehung fest ohne mir Raum für Zweifel zu geben. Wie aufs Stichwort tritt seine Frau ins Zimmer und verhindert somit jede weitere Diskussion. Um der Glaubhaftigkeit seiner Geschichte Nachdruck zu verleihen beschliessen wir das unbeabsichtigte Zusammentreffen aller mit einem Restaurantbesuch. Das kleine Mädchen sitzt strahlend auf seinen Schultern, streichelt seinen Kopf und ruft immer wieder BaBa. Erst im Restaurant wird es auf die Bank neben seine Mutter gesetzt. Der Student kontrolliert das Gespräch und wir Frauen reden auch dank der Sprachbarriere nicht miteinander. Ich habe vergessen wer bezahlt hat und fragte ihn auch bis zu meiner Abreise nicht mehr nach ihr und seiner Geschichte. Ich hatte keine Ahnung wie lange sie noch blieb. Ich bin den beiden, Frau und Tochter, nie wieder begegnet.

Mein Aufenthalt in China neigt sich dem Ende. Die Laborarbeiten sind beendet und vor der Rückkehr nach Deutschland will ich noch mehr von Land und Leute sehen, besonders einige bedeutsame Orte des Buddhismus und Kung Fu. Der Student berät mich in meinen Reiseplänen und will mich auch begleiten. Unser erstes Ziel ist ein Ort der beides vereint, das ShaoLin-Kloster in der Provinz HeNan ungefähr 800 km südlich von Peking. Das Kloster wurde 495 nach Christi Geburt gegründet. Nach jahrelanger Meditation entwickelte der indische Mönch DaMo im 6. Jahrhundert dort den Chan-Buddhismus zusammen mit einer Art von Kung Fu, das man heute als Vorläufer des ShaoLin-Kung Fu bezeichnen kann. Die Blütezeit von ShaoLin war im 14. bis 17. Jahrhundert und dauerte fast 300 Jahre. Es wurde mehrfach zerstört und wieder aufgebaut. Zuletzt ordnete Mao ZeDong die Zerstörung im Zuge der Kulturrevolution in den 1970er an. Als in den 1990er mit dem Kung Fu-Film „ShaoLin-Tempel" ein regelrechtes ShaoLin Kung Fu-Fieber in China und auch dem Westen ausbrach, wurde der Tempel aus rein wirtschaftlichen Gründen von der Regierung wieder aufgebaut. Mit der Einsetzung eines jungen Abtes 1999 wurden die alten Mönche, die noch nicht verstorben waren, entweder entfernt oder konformiert. Heute funktioniert ShaoLin reibungslos als ein modernes, weltweit tätiges Geschäftsunternehmen. Zeitlich befindet sich unser Besuch also gerade in der Aufbau- und Übergangsphase.

Der Student hat uns Zugtickets besorgt. Wir reisen mit etwas Luxus in der „Hard Sleeper" Klasse. „Hard Sleeper" bezieht sich auf die harten Betten im Abteil. In einem offenen Abteil befinden sich zwei Stockbetten mit je drei Betten übereinander. Es gibt eine Thermoskanne und einen kleinen Tisch für alle sechs Personen zusammen. Die unteren Betten werden von allen unabhängig von der Bettzuweisung zum Sitzen benutzt. Auf der anderen Seite des Ganges gibt es noch zwei kleine Sitze zum Ausklappen. Das ist China hautnah, alles sehr eng, laut und die Luft ist mit Zigarettenqualm gesättigt. Es gibt eine Toilette und einen Waschraum mit Waschbecken pro Waggon für mindestens 50 Leute, die meist mehrere Tage im Zug verbringen. Die Toilette ist die typische Hockritze mit kleinen Plattformen seitlich für die Füße. Doch trotz dieser Hilfestellung geht in der Regel viel daneben und wartet dann geduldig auf den Reinigungsdienst durch das Zugpersonal. Die Wasserspülung wird wohl nicht gerne benutzt, da in der Regel öffentliche und auch manch private chinesische Toiletten keine Wasserspülung haben. Toilettenpapier wird generell nicht bereit gestellt, sondern sollte immer auf Vorrat in der Hosentasche sein. Zumindest gibt es im Zug eine abschließbare Tür und man darf sein Geschäft ganz privat erledigen. Üblicherweise sind die Spalten eine neben der anderen ohne jeglichen Sichtschutz. Ich erinnere mich ungern an genauso eine öffentliche Toilette mitten in Peking. Ich hockte ziemlich angespannt zwischen all den tratschenden Weibern und alle starrten mich an und diskutierten angeregt. Wäre meine Notdurft nicht so groß gewesen, hätte ich mir die Zeit genommen ein großes Hotel dafür zu suchen. Als Ausländer konnte man ungehindert in solche luxuriösen Lokalitäten hinein spazieren und die sauberen westlichen Toiletten inklusive Toilettenpapier benutzen.

Unser Zug rattert gemächlich mit unter 100 km/h durch die Nacht. Es ist erstaunlich ruhig im Waggon. Ich bin unruhig und kann nicht schlafen. Leise klettere ich aus meinem Bett im mittleren Stock und setzte mich vorsichtig ganz an den äußeren Rand des unteren Betts. Als mich der Student mit den Füßen von der Kante kickt, wechsle ich auf einen der unbequemeren Klappsitze am Fenster gegenüber. Er hatte wohl nicht bemerkt, dass ich es war, so seine spätere Entschuldigung. Ich starre aus dem Fenster und draußen ist es stockfinster. Ohne Ablenkung halte ich meine innere Unruhe kaum aus und ich habe keine Ahnung was da eigentlich in mir vorgeht. Denn als noch unerkannte Empathin überfluten mich die Emotionen und Energien von fast 50 Leuten gleichzeitig und in der nächtlichen Stille nehme ich dies unbewusst ganz deutlich wahr. Irgendwann klettere ich wieder zurück in mein Bett und wälze mich bis zum morgen hin und her.

Nach neun Stunden fährt unser Zug endlich in den Bahnhof von ZhengZhou ein, der Hauptstadt der Provinz HeNan. Gut organisiert steht direkt am Bahnhofsvorplatz eine ganze Batterie von Kleinbussen bereit, die die Besucherscharen auf Umwegen nach ShaoLin bringen. Im Pulk quetschen wir uns in einen der Busse. Unter all den Tagesausflüglern sind wir die Einzigen mit größerem

Gepäck. Auf dem Weg steuert der Busfahrer sämtliche Touristenattraktionen an. Müde und ganz aufs Ziel gerichtet steige ich nicht mal aus und warte stattdessen angespannt bis der Menschenschwarm wieder in den Bus einfällt. Nach langen drei Stunden Bummelfahrt über Land erreichen wir endlich ShaoLin. Als erstes suchen wir eine Unterkunft und steigen direkt neben dem Tempeleingangstor in einem sehr einfachen und billigen Hotel ab. Das Hotel hat nach Geschlechtern getrennte Schlafräume und ich teile meines mit zwei Chinesinnen. In den Zimmern sind nur blanker Beton an Wänden und Boden und ein paar Betten. Im Innenhof gibt es einen Wasserhahn an dem sich alle waschen und Zähne putzen. Um die Ecke befindet sich ein einziges vor Blicken und der Witterung ungeschütztes Plumpsklo, unisex. Privatsphäre ist in China ohnehin unbekannt, doch dies ist mir bei Weitem zu öffentlich. Im Bedarfsfall stelle ich den Studenten als Wächter auf.

Und dann endlich stehen wir aufgeregt vor dem Eingangstor von ShaoLin, ein kleines rotes Gebäude mit schwarzem Sockel, zwei runden Fenstern und einem Tor dazwischen. Unter dem mit grün glasierten Keramikziegeln bedeckten Holzdach prangen auf einer schwarzen Tafel die goldenen Schriftzeichen für ShaoLin Si (少林寺). Genau genommen lese ich „Si Lin Shao" (寺林少), da früher in China von rechts nach links, hinten nach vorne und sogar von oben nach unten geschrieben wurde. Bedächtig und feierlich steigen wir die Treppen empor und dürfen mit unseren Tickets in die Tempelanlage eintreten. Ich weiß nicht wirklich was ich erwarte, doch die vielen lärmenden Touristen und die gelangweilten Mönche, die die verschiedenen Gebäude beaufsichtigen, enttäuschen mich. Nur die alten und prächtigen Ginkgobäume, die vereinzelt in der Tempelanlage stehen, versetzen mich in Erstaunen und Ehrfurcht. Im Moment erspüre ich nirgendwo ein authentische Stimmung, sondern vielmehr eine oberflächlich Touristenshow. Erschöpft setzte ich mich auf eine steinerne Schildkröte, die nebst mir noch eine steinerne Schrifttafel trägt. Völlig selbstvergessen entgeht mir dabei, dass wir als einzige Touristen im geschlossenen Tempel zurückbleiben. Stumm und mit starren Blick trauere ich dem China meiner naiven Wunschvorstellung nach. Derweil nimmt der Student mittels Zigarette mit einem Mönch Kontakt auf und die beiden rauchen und reden. In China ist das Rauchen den Männern vorbehalten und hat eine sehr wichtige Funktion. Das Anbieten und Annehmen von Zigaretten sind die Einleitung zum Erstkontakt aus dem alles mögliche entstehen kann wie Bestechung, aber auch Freundschaft. Ohne Touristen scheinen die Mönche ihren Tempeln zurückzuerobern.

Aus dem Hintergrund taucht nun auch ein alter Mönch auf. Er bedient das typische Klischee eines buddhistischen Mönches: safrangelbe Robe, kahler Kopf, gütiges Lächeln sanfte Stimme. Ich errege sein Interesse, denn Ausländer sind zu jener Zeit noch selten anzutreffen und meistens hindert eine Sprachbarriere einen intensiveren Informationsaustausch. Der Mönch beginnt den sichtlich freudig erregten Studenten über mich auszufragen. Stolz beschreibt er mich als bescheiden und diszipliniert. Er preist meine Leben bewahrende Haltung an und erklärt, dass ich mich schon als Kind entschieden habe keine Tiere mehr zu essen. Und um meiner Edelmut noch besonderen Nachdruck zu verleihen, bringt er meine sporadische Duldung von Moskitos ins Spiel. Eigentlich wische ich die Plagegeister meistens nur weg, doch manchmal erschlage auch ich die ein oder andere Mücke. Keine Ahnung ob der alte Mönch ihm alles glaubt, auf jeden Fall bringt seine Geschichte die erhoffte Wirkung. Der erste Kontakt ist geknüpft und der alte Mönch wünscht ein weiteres Treffen am nächsten Tag. In Hochstimmung verlassen wir den Tempel, denn mit einem Mal bietet sich uns die Möglichkeit einen Blick hinter die Touristenkulisse zu werfen.

Mit zwei Fremden im Zimmer durchwache ich wieder eine weitere Nacht, doch diesmal ruhig und ruhend. Nach einer Katzenwäsche am Wasserhahn im Hof und einem ausgiebigen Frühstück, gehen wir direkt in den Privatbereich der Tempelanlage. Ohne Namen ist die Suche nach dem alten Mönch nicht einfach. Der Student fragt sich durch und wird schließlich von einem kleinen Jungen in ein Zimmer geführt um einen Blick auf einen schlafenden Mönch zu werfen. Obwohl er nichts erkennen kann, entscheidet der Student im Zweifel dass dies „unser" Mönch ist. Wir beziehen draussen vor dem Haus Stellung und warten darauf bis er ausgeschlafen vor die Tür treten wird. Nach zwei Stunden geduldigem Vorsichhinstarrens überrascht uns unser Mönch leichtfüßig und freudig aus einer ganz anderen Ecke des Tempels, während der andere immer noch friedlich schläft. Zum Auftakt unserer Beziehung führt uns der alte Mönch durch sein Kloster und drängt uns gefühlt an jeder Ecke zu einem gemeinsamen Foto. Abwechselnd stehe ich und der Student vor oder hinter der Kamera. Als Hintergrund dienen die verschiedenen Tempel, Steintafeln und auch die wunderschönen alten Ginkobäume. Abschließend schießt ein chinesischer Tourist mit meiner Kamera ein gemeinsames Foto von uns allen dreien vor dem Eingangstor des Klosters.

Chinesen sind bekannt für ihren ausgiebigen Hang zur Fotografiererei. Sie dient nicht nur als reine Produktion von Beweismaterial, sondern ist auch oft ein Akt der öffentlichen Bestätigung einer wie auch immer gearteten gemeinsamen Beziehung. In unserem Fall handelt es sich um letzteres, genauer um eine Lehrer-Schüler-Beziehung. Diese Beziehung wurde später sogar noch mit einem offiziellen ShaoLin-Tempelausweis bescheinigt. Der alte Mönch ist jetzt mein ShiFu (师父) und ich sein TuDi (徒弟). Dieser Status schließt auch einen buddhistischen Namen ein, der aus drei Teilen zusammengesetzt wird. Shi (释) ist das erste Schriftzeichen von Buddhas Name und symbolisiert den Eintritt aller chinesisch-buddhistischen Mönche und Nonnen in die Familie Buddhas. Dann folgt der Generationsname der buddhistischen Linie, der in meinem Fall Xing (行) lautet. Und schließlich fügt der ShiFu einen persönlichen Namen für seinen TuDi hinzu. Die Wahl meines Namens war gerade zu prophetisch. ShiFu nennt mich Ji (寂), Einsam. Mein buddhistischer Name in der ShaoLin-Linie ist also Shi Xing Ji.

Inzwischen ist es Mittagszeit und ShiFu führt uns aus dem Kloster hinaus und einige hundert Meter die Straße entlang zum WuShuGuan, der Halle des WuShus. WuShu bedeutet Kriegkunst und das moderne WuShu wurde in den 1950er unter der Leitung der chinesischen Regierung aus verschiedenen traditionellen Kung Fu-Stilen neu erschaffen. Die Vorführungen in ShaoLin beschränken sich hauptsächlich auf die gängigen modernen Wettkampfformen und sogenanntes Hartes Qi Gong oder auch Eisenhemd-Qi Gong. Beim Harten Qi Gong wird der Körper durch wiederholte Schläge abgehärtet und durch eine willentliche Konzentrierung von körpereigenem Qi (Jing Qi) an der exponierten Körperstelle geschützt. Die Demonstration des Harten Qi Gong ist spektakulär. Unter anderem werden dicke Holzstangen an Armen und Beinen zerschlagen, Eisenstangen auf dem Kopf zerteilt und das gesamte Körpergewicht wird auf einem eisernen abgestumpften Gabelkopf mit nur einem halben Quadratzentimeter Fläche balanciert. Neben dem WuShu-Vorführungssaal befinden sich im WuShuGuan ein Hotel mit Restaurant und ein Ausbildungszentrum für junge WuShu-Talente, die aus den zahlreichen Kung Fu-Schulen um ShaoLin herum ausgewählt werden. Einige dieser Talente gehören auch zu ShiFus Schülern. ShiFu lässt uns in den Gängen des WushuGuans plötzlich alleine stehen um dann mit einem TuDi an seiner Seite zurückzukehren. Den jungen kahlen WuShu-Kämpfer in lockerer Sportbekleidung schätze ich auf um die 20. Sein Lächeln wirkt freundlich, aber auch frech.

ShiFu lotst uns nun weiter in das Restaurant, ein riesiger Speisesaal mit großen runden Tischen. Hier werden überwiegend die in Gruppen angekarrten Tagestouristen bewirtet und darunter mischen sich vereinzelt die Gäste des Hotels. Mit meinem Geldbeutel in der Hosentasche übernimmt der Student nun die Führung. In der chinesischen Restaurantkultur nimmt immer einer die Rolle des Gastgebers an und sucht meist maßlos verschiedene Gerichte für alle aus. Zwar gibt es oftmals kleine Streitereien um die Rechnung, doch in der Regel bezahlt wer bestellt. Die zahlreichen Gerichte werden nach und nach auf eine Drehscheibe gestellt, die in der Mitte des großen Tisches steht. So kann jeder bequem durch das Drehen der Scheibe alle Gerichte erreichen, denn alle essen von allen Tellern gemeinsam. Außerdem hat jeder seine eigene kleine Schüssel und natürlich seine eigenen Essstäbchen vor sich. Es ist erlaubt mit dem auf dem Teller bereitgestellten Porzellanlöffel oder den eigenen Essstäbchen einen kleinen Vorrat in die eigene Schüssel zu laden. Um besonderes Wohlwollen zu demonstrieren kann man auch die Schüsseln seiner Nachbarn mit den eigenen Lieblingsdelikatessen füllen. Allerdings erfolgt dies meist nur in absteigender Richtung der Hierarchie. Reis oder Mantou (Dampfbrötchen aus Weizenmehl) gibt es in der Regel erst kurz vor Schluss der Völlerei und dient lediglich als Sattmacher. In China bedeutet Gastfreundlichkeit eine Übermenge an Speisen aufzutischen, so dass mindestens soviel nach dem Mahl übrigbleibt wie eigentlich gegessen wurde. Und der Student will natürlich einen sehr großzügigen Eindruck bei ShiFu und seinem TuDi hinterlassen.

Gerade als die ersten Gerichte gebracht werden, trifft ein zweiter TuDi ein. ShiFus Gesicht leuchtet auf und man spürt eine innige Verbindung zwischen den beiden. Er ist viel kleiner als der andere und er trägt ebenso Sportbekleidung und ist kahlgeschoren. Ich schätze ihn etwas jünger, so um die 16. Ganz anders als der erste TuDi strahlt er eine besondere Gewissenhaftigkeit aus. Und sein Lächeln versteckt seine Augen hinter schmalen Schlitzen. ShiFu redet uns alle mit HaiZi an, Kind. Es wird viel erzählt und ich sitze mit großen Augen wie einfältig daneben und verstehe nur einzelne Wörter. Der Student beschränkt sich auf seine eigene Vorstellung und mir bleibt nur alles genau zu beobachten. Hier kostete ich schon ganz unbewusst einen klaren Vorgeschmack auf die traditionelle Rolle der Frau im alten China und meine eigene zukünftige Rolle im neuen China. Wie erwartet bleibt am Ende eine Menge an Essen übrig. Doch bevor ich mich über die Verschwendung ärgern kann, weist der jüngere TuDi die Bedienung an einige Gerichte zum Mitnehmen einzupacken. Ich schmunzle zufrieden, denn offenbar sind wir beide wohl aus dem gleichen Holz geschnitzt.

Für unsere zweite Nacht in ShaoLin quartiert uns der Student hier neben dem WuShuGuan in das komfortablere Hotel mit eigenem Bad und Toilette ein. Es zeichnet sich schon leise ab, dass der Student ganz im Gegensatz zu mir wohl eher ein Luxusgeschöpf ist. Mit dem Vorwand meine Reisekasse zu schonen mietet er ganz gegen die offiziellen Regeln ein gemeinsames Zimmer an. Doch seine wirkliche Motivation liegt wohl eher darin mich nicht zu schonen. Zu jener Zeit war es Unverheirateten gesetzlich nicht erlaubt im selben Hotelzimmer zu übernachten. Eigentlich wurden beim Einchecken ins Hotel die roten Heirats- ausweise mit dem obligatorischen Doppelporträt verlangt. Irgendwie überzeugt er mich und die Rezeptionistin, dass alles so in Ordnung sei, „Mei Wenti". Ich genieße die heiße Dusche, falle ins Bett und schlafe tatsächlich irgendwann ein. Doch wildes Klopfen an der Zimmertür lässt mich plötzlich aufschrecken. Es ist 2 Uhr nachts und ungeduldige Rufe fordern die Tür zu öffnen. Der Student schließt auf und drei Männer drängen zusammen mit der Hotelmanagerin in unser Zimmer hinein. Ich werde zwar neuGIERIG gemustert, bin aber nicht der eigentliche Fokus der nächtlichen Aktion. Die Männer befragen den Studenten und wollen seine Ausweise sehen. Auf seiner ID-Karte ist der Status verheiratet eingetragen und offensichtlich gibt es von uns keinen gemeinsamen Heiratsausweis. Ohne weitere Umschweife wird der Student festgenommen und abgeführt. Trotz der ein- schüchternden Umstände bin ich bei klarem Verstand. Die

Polizisten beachten mich nicht, doch ich bestehe darauf mit zur Polizeistation zu kommen. Mich bewegt nicht die Angst alleine zurückgelassen zu werden, sondern ich bange um die Sicherheit des Studenten. Ich fürchte, dass er spurlos in irgendeinem Gefängnis oder Arbeitslager verschwindet.

Zusammen mit diversen Verbrechern in Handschellen sitze ich gefasst und erstaunlich ruhig in einem Art Wartezimmer. Skurrilerweise spüre ich eine Art Solidarität im Raum. Wir alle rätseln insgeheim welche Vergehen den anderen hierher gebracht haben. Nach langen drei Stunden taucht der Student unversehrt wieder auf. Der Morgen dämmert schon als wir wortlos die Treppen zum Hotel hinaufsteigen. Er erzählt nicht viel über das Verhör und weicht auch meinen Fragen aus. Bis heute rätsle ich noch wie er es ohne disziplinarische Konsequenzen aus dieser Situation heraus geschafft hat, denn eine regelkonforme Benachrichtigung seiner Universität hätte einen Verweis zur Folge gehabt. Vollkommen übermüdet kehren wir ins Zimmer zurück und schlafen uns erstmal aus. Als ich die Augen gerade mal halb geöffnet habe, fordert mich der Student auf meine Sachen zu packen. Wir reisen unverzüglich und ohne Abschied aus ShaoLin ab. Eigentlich will ich gerne länger bleiben und von ShiFu mehr über ShaoLin, Chan-Buddhismus und Kung Fu erfahren. Stattdessen renne ich wegen und mit dem Studenten von meinem chinesischen Traum davon.

Die nächste Station auf dem Reiseplan liegt weiter südlich in der Provinz SiChuan. Wir erreichen die Hauptstadt ChengDu nach mehr als 24 Stunden Zugfahrt. Mit dem Bus geht es etwa 150 km weiter Richtung LeShan direkt an den Fuß des EMeiShan, einer der vier heiligen buddhist-ischen Berge in China. Der Legende nach ist ein Bodhi-sattva auf seinem weißen dreiköpfigen Elefanten auf dem Gipfel des Berges gelandet. Auf dem über 3000 m hohen Berg waren einmal mehr als 100 Tempel verteilt, die meisten wurden während der Kulturrevolution zerstört. Etwa 20 Tempel wurden rekonstruiert und sind heute wieder aktiv. Vor dem Aufstieg wollen wir uns in einem relativ luxuriösen Hotel gut ausruhen und der Student mietet trotz der erst kürzlich gesammelten negativen Erfahrungen wieder nur ein Zimmer für uns gemeinsam an. Mir ist nicht wohl dabei und ich verstehe nicht warum der Student uns beide wieder so willkürlich in Gefahr bringt. Mit einem unverständlichen Murmeln wischt er meine Bedenken einfach zur Seite. Er hält sich wohl für unantastbar.

Wie noch oft lässt mich der Student ungeschützt irgendwo alleine und auf ihn warten. Diesmal sitze ich am Straßen-rand auf einer Mauer und meine dicke Jeans bringt mich bei den heißen Temperatur ganz schön ins schwitzen. Ich errege das Interesse eines alten Frauchens. Und die kleine Szene, die sich zwischen uns abspielt, erinnert an einen einstudierten interkulturellen Sketch. Das Mütterchen redet auf mich ein und zerrt immer wieder an meiner Jeanshose. Ich verstehe kein Wort und wiederhole fort-während „Ting Bu Dong". Wörtlich übersetzt bedeutet es „hören nicht verstehen". Im Chinesischen wird zwischen verschiedenen Arten von Verstehen oder Nicht-Verstehen unterschieden wie das Gehörte oder das Gesehene. Hier wird allerdings nicht definiert, ob die tatsächliche Sinnes-wahrnehmung gestört ist oder deren Verständnis. Sie redet immer lauter und nach einiger Zeit schreit sie mich regelrecht an. Dann tritt der Student in die Szene und spricht sie an. Sie scheint so erleichtert endlich Gehör zu finden und macht ihn darauf aufmerksam, dass meine Hose viel zu warm für dieses Wetter ist. Ungeduldig will sie nun auch wissen was mit mir ist, warum ich sie nicht verstehen kann. Seine Antwort überrascht sie vollkommen. Ich bin also nicht taub, sondern ein Ausländer. So was sieht sie zum ersten Mal. Natürlich ist ihr aufgefallen, dass ich anders als alle anderen aussehe. Sehen denn Leute aus Peking nicht auch so aus?

Es gibt nur zwei Routen die zum Gipfel des EMeiShan führen. Ich möchte unbedingt die Route nehmen, die durch das Verbreitungsgebiet der Tibetmakaken führt. Das Gepäck lassen wir im Hotel zurück und starten früh am Morgen recht ignorant über das was uns erwartet. Der Aufstieg führt hauptsächlich über steinerne Treppenstufen und wird zum Stufenmarathon. Wir erklimmen den Berg Stufe um Stufe, Stunde um Stunde. Manch kleiner Tempel am Wegesrand lässt uns kurz innehalten und der Student entzündet vor dem Altar die Räucherstäbchen. Nur abundzu trinken wir an einem der vielen Teeverkaufsständen, die meist direkt auf einem Treppenabsatz aufgeschlagen haben, ansonsten fasten wir. Der Student scheint die Besteigung wohl als eine Art Bußgang zu nutzen. Nach sechs Stunden Treppensteigen quietscht er plötzlich vor Schmerzen. Seine Waden sind steinhart und krampfen von der übermäßigen Anstrengung. Er greift mit seinen Fingern in den Schmerz hinein und lockert durch kräftiges Massieren die Waden. Nach einer halben Stunde Erholung steigen wir wieder Treppen. Nur eine Stunde später bin ich völlig erschöpft. Ich sehe mich außer Stande nur noch eine weitere Stufe in Angriff zu nehmen. Ich wehre mich trotz allen guten Zuredens meinen Körper nur einen Milimeter zu bewegen. Auch will ich weder von den professionellen Sänftenträgern getragen werden, die die Laufunfähigen oder auch Laufunwilligen auf den Treppen einsammeln, noch vom Studenten selbst. Irgendwann gelangt irgendwie wieder etwas Energie in meinen Körper und meine Beine beginnen wieder Stufe um Stufe zu erklimmen. Wir steigen immer weiter und erst als nach 11 Stunden Treppentortur der Abend dämmert, mietet der Student ein Zimmer in einer sehr einfachen Absteige.

Die Wände zwischen den Zimmern sind aus einer Art Schilfmatte, die Betten haben wie im durchschnittlichen China üblich keine Matrazen und die typisch chinesischen Bettdecken sind ohne Überzug und bestimmt noch nie gewaschen worden. Ich bin total erschöpft, ich friere in meinem T-Shirt und der dünnen Hose und ekle mich vor dem dreckigen Bett. Mir ist zum Weinen zumute, doch mir bleibt wohl nichts anderes übrig als in das schmutzige Bett zu schlüpfen. Und damit nicht genug! Trotz all den widrigen Umständen, trotz unserer völligen Erschöpfung und trotz meines deutlichen Widerwillens verschont der Student mich nicht mal diese Nacht.

Am nächsten Morgen steigen wir noch vor Sonnenaufgang die letzten Treppen zum Gipfel hinauf. Ich zittere vor Kälte. Ein gewitzter Geschäftsmann verleiht hier oben grüne Armeemäntel an die üblicherweise schlecht ausgerüsteten Touristen. Da wir auch in diese Kategorie fallen, leihen wir uns dankbar welche. Eine erstaunliche Menschenmasse hat sich zu so früher Stunde hier versammelt um den Sonnenaufgang zu bestaunen. Leider versperren dichte Wolken unter uns die Sicht und erst als es schon lange taghell ist zeigt sich die Sonne hoch am Himmel. Wir schlendern eine Weile auf dem Gipfel herum und werfen nur einen kurzen Blick durch das Eingangstor in den JinDing Si (Goldgipfel-Tempel), bevor wir noch völlig erschöpft von der gewaltigen Anstrengung des Aufstiegs für die Talfahrt in einen Bus steigen.

Eine Dusche, saubere Kleidung und ein ausgiebiges Mittagessen stabilisieren zwar meine Emotionen, aber mein Körper ist durch die Überanstrengung nachhaltig geschwächt. Doch die Reise muss ja weiter gehen....Wir nehmen den Bus zur weltgrößten Buddhastatue hier in LeShan an der Stelle, wo sich die drei Flüsse Min, QingYi und DaDu vereinigen. Der sitzende Buddha ist über 70 m hoch und wurde im 8. Jahrhundert von Mönchen in den Fels des LingYun-Berges gemeißelt. Um die Statue vor Erosion zu schützen wurde ein ausgetüfteltes Drainage-system aus Rinnen und Kanälen integriert. Es gibt einen gepflasterten Weg mit vielen Stufen erst zum Gipfel des Berges und Kopf des Buddhas treppauf und dann treppab zum Fuße des Buddhas. Wir machen uns auf den steinernen Weg. Die große Schwüle zerrt an meinen spärlichen Kräften und nach nicht mal einer halben Stunde gebe ich auf. Selbst der beste Wille kann meinen Körper nicht weiter den Berg hinauf bewegen. Wir kehren um und lassen uns alternativ übers Wasser von einem Touristen-boot dicht am Buddha vorbei schippern.

Das nächste Ziel liegt nordöstlich. Wir verlassen SiChuan und der Zug bringt uns nach DaYong in die Provinz HuNan. DaYong ist ein kleines Bergdorf und liegt am Rande des Nationalparks ZhangJiaJie. Später wurde das Dorf selbst in ZhangJiaJie umbenannt. Der Nationalpark besteht aus

Wäldern, Flüssen, Wasserfällen, Schluchten, Höhlen und tausenden über 200 m hohen Säulen aus Quarzitsandstein. Die spektakuläre Landschaft erinnert an die magischen Orte der WuXia-Legenden. WuXia ist ein sehr beliebtes Genre der chinesischen Literatur, das von „in WuShu (Kriegskunst) bewanderten Helden" handelt. Diese Helden erlangen durch hartes Training ihrer Kampfkunst und durch Zugang zu Geheimwissen übernatürliche Kräfte. Ich scheine auch von der Magie des Ortes berührt, denn mein Körper ist zumindest in der Lage in einem sehr langsamen Tempo den Berggipfel zu erstürmen. Der Ausblick oben ist Atem beraubend und die Felssäulen scheinen sich weit in die Unendlichkeit zu erstrecken. Man glaubt fast die WuXia-Helden von Säule zu Säule fliegen zu sehen.

Ganz in jenem Stil sitzen wir hier in einem schlichten Teehaus vor unseren Tassen. Bis ein chinesisches Pärchen mich ganz unvermittelt und mutig anspricht. Es geht um „Zhao Pian", fotografieren. Ich begreife nicht sofort warum sie ausgerechnet mich, den einzigen LaoWai (Ausländer) hier, fragen von Ihnen ein Foto zu machen. Es sind noch einige Erklärungen nötig bis ich verstehe, dass ich die Kuriosität bin und mit Ihnen zusammen auf dem Foto erscheinen soll. Diese eher freundliche Art der Aussonderung hatte noch eine dunkle, unerfreuliche Variante. Immer öfter wurde ich in der Anonymität der Öffentlichkeit als „GuiZi" (Teufel) beschimpft. So wurden schon die europäischen Seeleute im 16. Jahrhundert genannt und durch die beiden Opiumkriege Mitte des 18. Jahrhunderts und der daraus resultierenden Quasi-Kolonisation bestätigt. Doch heutzutage ist diese Bezeichnung eher den Japanern vorbehalten. Sie begingen im zweiten

Sino-Japanischen Krieg (1937-1945) brutale Verbrechen gegen die Zivilbevölkerung. Ein einfaches „GuiZi" lässt mich den ganzen Haß und die Herabwürdigung meiner Person spüren. In dem ethnisch recht homogenen China ist Xenophobie zwar latent immer gegenwärtig, doch eine derartige Verachtung wird selten so deutlich kommuniziert. Erstaunlicherweise lösen diese unpersönlichen Bemerkungen dieselbe Abscheu und Ablehnung in mir aus wie diejenige, die mir entgegen schlägt. Ich fühle mich ganz alleine hinter der feindlichen Front ausgesetzt. Die häufige Betitlung als „LaoWai" ruft zwar auch negative Gefühle in mir hervor, ist aber eher als neutrale Feststellung gemeint. Jedoch unterscheidet meine inzwischen angelernte Paranoia hier nicht mehr. Es bleibt die Ausgrenzung und die Betrachtung als Fremder oder sogar etwas völlig Fremdes fast schon wie ein Wesen von einem anderen Stern.

Mich überkommt ein plötzlicher Heißhunger, doch ich bin dem chinesischen öligen Essen überdrüssig. In einem kleinen Restaurant lasse ich mir gekochte Kartoffeln, Zwiebeln, Essig, Öl und Salz reichen und bereite selbst am Tisch einen Kartoffelsalat. Immer noch hungrig verlange ich gegen alle Hygienebedenken unbedingt nach Wassermelone. Selbst frisch aufgeschnitten scheint nicht sicher genug, denn das Messer des Verkäufers könnte mit Keimen verunreinigt sein. Dennoch kauft der Student eine ganze Melone. Nicht mal einen kurzen Kontakt mit der möglicherweise kontaminierten Schale beim Aufschneiden mit dem eigenen sauberen Messer will er riskieren. Er wäscht die Melone deshalb zur Sicherheit im nahen Bach bevor er sie selbst in handliche Stücke teilt. Nur ein paar Stunden später schien es ganz so, als ob diese Übervorsicht das Unheil erst heraufbeschworen hat.

Meine Zeit in China ist fast abgelaufen. Ich muss dringend zurück nach Peking. Bevor ich das Reich der Mitte mit der transsibirischen Eisenbahn verlassen werde, kommt meine Mutter in die chinesische Hauptstadt zu Besuch. Zuerst geht es mit dem Zug diesmal im „soft sleeper" Waggon nach ChangSha, der Hauptstadt von HuNan. Das „soft sleeper" Abteil ist eine abgeschlossene Einheit mit nur vier weichen Betten und Rauchverbot und macht somit das Reisen für mich viel angenehmer. Die Provinz HuNan ist auch die Heimatprovinz des Studenten. Und auf halber Strecke verlässt er den Zug um die restliche Ferienzeit mit seiner Familie zu verbringen.

Der Zug fährt gerade wieder an, als mir plötzlich ganz übel wird und mein Unterleib krampft und schmerzt. Der Weg auf die Zugtoilette ist glücklicherweise frei. Ich schaffe es gerade noch mich über die Bodenschüssel zu hocken, bevor es wie Sturzbäche vorne und hinten aus mir heraus schießt. Hierbei erleichtert mir die hockende Haltung beide Vorgänge gleichzeitig und ohne Kollateralschäden zu bewältigen. Völlig erschöpft kehre ich zu meinem Abteil zurück. Doch ich habe kaum Zeit mich auszuruhen, alle halbe Stunde treibt es mich haltlos zur selben Prozedur auf die Toilette. Nach vier Stunden bin ich völlig entleert. So soll es auch bleiben, denn ich kann nicht mal Tee in mir halten. In dieser kurzen Zeit habe ich mich aus einer relativ gesunden Person in ein klägliches Häufchen Elend verwandelt. Und zwar so erbärmlich, dass ich das Mitgefühl meiner chinesischen Abteilgefährten errege. Als ich von einem der vielen Toilettengänge zurückkehre, sprechen mich die Männer besorgt an. Sie wollen mir helfen, sie wollen mir einen Arzt besorgen. Ich bin verwundert über ihre Anteilnahme, denn in China kümmert man sich nicht gerne um die Belange Fremder, egal ob chinesischer oder ausländischer Herkunft. Allerdings finde ich Ärzte generell bedrohlicher als die Krankheit selbst. Ich bin mir selbst ziemlich im Klaren, was ich mir da eingefangen habe. So lehne ich ihre Hilfe dankend ab und lege mich wieder erschöpft in mein Bett.

Bevor ich meine Reise nach China antrat, habe ich in meinem unwissenden Übereifer alle empfohlenen Impfungen erhalten, darunter auch eine Schluckimpfung gegen Typhus. Der Lebendimpfstoff ist auf drei Kapseln verteilt und die Einahme erzielt allerdings nur einen Impfschutz von 60 %. Eigentlich sollte diese Schluckimpfung mit dem abgeschwächten Bakterium Salmonella typhi keine größeren Nebenwirkungen zeigen. Doch möglicherweise hat die unterbrochene Kühlkette bei der Lagerung meiner Kapseln dafür gesorgt, dass ich fast alle Symptome einer Salmonellenvergiftung hatte wie Erbrechen und Durchfall bis zur völligen Entleerung des Verdauungstraktes. Nur vom Fieber wurde ich verschont. Erst nach sechs Stunden kann ich zugeführte Flüssigkeit wieder in mir halten. Die Impfung schützt mich zwar nicht vor Krankheit, aber zumindest davor in Panik auszubrechen. Meine jetzige Salmonellenvergiftung ist höchstwahrscheinlich der durch das Bachwasser verschmutzten Wassermelone geschuldet.

Morgens früh um 5 Uhr erreicht der Zug ChangSha. Und zum ersten Mal bin ich ganz auf mich alleine gestellt. Aus meinen bisherigen Beobachtungen schließe ich, dass der Kauf eines Zugtickets recht schwierig und der ganze

Prozess irgendwie recht undurchsichtig ist. Ein direkter Kauf am Bahnschalter schien wohl nur an kleineren Bahnhöfen möglich zu sein. In Peking muss man die Tickets mindestens drei Tage vor Abfahrt kaufen. Der Schwarzmarkthandel mit Bahntickets blüht deshalb und war bisher auch die häufigste Quelle unserer Tickets. Ich bin total erschöpft und geschwächt von den Strapazen der letzten Tage und kann mich kaum auf den Beinen halten. Wie soll ich so am Bahnhof herumlungern und herausfinden wie man ein Zugticket kauft? Ich wähle die schnelle, teure und scheinbar einfachere Variante meiner Rückreise, das Flugzeug.

Der Fahrer eines motorisierten Taxi-Dreirades erweckt irgendwie mein Vertrauen und ich lasse mich von ihm zum Flughafen in die 25 km entfernte Stadt HuangHua fahren. Der kühle Fahrtwind lässt mich auf dem Sitz der offenen Ladepritsche frösteln. Nach über einer Stunde erreichen wir den Flughafen. Zu so früher Stunde herrscht noch kein Betrieb und alle Türen sind verschlossen. Ich setzte mich direkt vor der Eingangstür auf meinen Rucksack und richte mich auf eine längere Wartezeit ein.

Einige Stunden später öffnet eine Flughafenangestellte die Tür. Ich schleppe mich und mein Gepäck direkt zum Ticketschalter und will ein Flugticket nach Peking kaufen. Allerdings gibt mir die Flughafenangestellte ein „Mei You" zur Antwort, „gibt's nicht". „Mei You" ist eine Art kulturelle Eigenheit der Chinesen. Ich bin mir nicht sicher, ob dieses Verhaltensmuster erst im modernen kommunistischen China entstanden ist oder schon viel länger existiert. Einem Fremden ganz gleich ob Ausländer oder Chinese kann „Mei You" überall und häufig begegnen. In der Regel ist „Mei You" nichts endgültiges und kann überwunden werden, wenn es gelingt irgendeine Beziehung zu dem Gegenüber aufzubauen. Manchmal reicht schon eine Zigarette und ein freundliches Gespräch unter Männern. Als Frau kann ich mit Mitleid rechnen. In der Regel hilft Geld und freundliche Hartnäckigkeit. Durch Nachfragen finde ich heraus, dass sich heute das „Mei You" auf einen freien Platz in dem einzigen Flug nach Peking bezieht. Mit meinem spärlichen Chinesisch erkläre ich erfolgreich meine dringende Situation und erreiche die nächste Stufe „Deng YiXia", „warte eine Weile".

In der Schalterhalle ist nicht viel los und ich lege mich ganz in der Nähe des Ticketschalters quer über mehrere Stühle und beobachte das wenige Geschehen um mich herum. Mit einem Mal löst sich eine Deckenlampe und das herab fallende Glas zerschellt auf dem Boden. Als dann die Zweite fällt schaue ich hektisch nach oben, doch zum Glück sind genau über mir keine Lampen angebracht. Im Stundentakt fällt eine nach der anderen. Doch diese Gefahr für die Allgemeinheit findet keinerlei Beachtung, weder durch das verantwortliche Flughafenpersonal, noch durch die Passagiere oder Besucher. Immer mehr zerbrochenes Glas sammelt sich auf dem Boden der Schalterhalle. Erstaunlicherweise wird niemand von einer der vielen herabfallenden Lampen erschlagen. Gegen 16 Uhr ist meine Wartezeit zu Ende und ich darf ein teures Flugticket 1. Klasse kaufen.

In Peking angekommen nehme ich ein Taxi zur Universität zurück nach Hause. Der alte Hausmeister begrüßt mich mit einem freudigen „Ni Hao. Ni Hui Lai Le" , „Hallo. Du bist zurück!" Ich erwidere erschöpft „Hui Lai Le", „ich bin zurück." Da wir deutschen Studenten bei Ferienanfang alle spurlos in quasi ganz China ausgeschwärmt sind, scheint er nun erleichtert endlich den ersten seiner „Schützlinge" wieder sicher unter seinem Dach zu wissen. Die anderen werden erst in ungefähr einer Woche zurück erwartet. Ich bin sehr schwach und meine Mutter trifft schon in zwei Tagen ein. Um schneller wieder auf die Beine zu kommen, entscheide ich mich nun meine mitgebrachte Notfall-apotheke zum ersten Mal zum Einsatz zu bringen. Schon die einmalige Einnahme von starken Antibiotika bringen meinen Durchfall fast unmittelbar zum Stoppen. Mit letzter Kraft schleppe ich mich auf den Marktplatz gegen-über und kaufe eine ganze Ladung Trinkjoghurts und etwas Fladenbrot. Ich habe seit dem Auftreten meiner ersten Symptome nichts mehr gegessen, nur Tee ge-trunken. Mit jedem Schluck Joghurt kann ich fühlen wie mein Körper wieder Energie gewinnt.

In meinem schwachen Zustand will ich einen einfachen und bequemen Transport meiner Mutter vom Flughafen organisieren und zufällig überschneidet sich die Ankunfts-zeit meiner Mutter mit der Abflugzeit eines Mitarbeiters der Koordinationseinrichtung der deutsch-chinesischen Zusammenarbeit und der Fahrer des dazugehörigen Kleinbusses will mich und meine Mutter gerne mit-nehmen. Als meine Mutter durch die automatische Tür in die Ankunftshalle tritt und ihre suchenden Blicke mich in der Menge finden, wich sichtlich ihre Vorfreude einer ängstlichen Anspannung. Mein elender Anblick trifft sie völlig unvorbereitet. Es ist als ob all meine negativen Erlebnisse der letzten fünf Monate, all meine Frustration, Schmerz und Furcht ungefiltert in sie hinein fließen und sie vollkommen überwältigen. Während der Fahrt zur Universität sitzt sie mit angehaltenem Atem im chinesischen Straßenverkehr gefangen und rechnet jederzeit damit einen schlimmen Unfall zu bezeugen. Auch die Wände meiner Wohnung geben ihr keinerlei Schutz. Die schwüle Hitze durchdringt alle Räume und lässt den Gestank der Garküchen nach Kohle und ranzigem Öl noch stärker wirken. Das Geschrei der Menschen auf der Straße und das fortwährende Zirpen der Zikaden scheint ihr ohrenbetäubend. Selbst die verhältnismäßig ruhige Nacht verbringt sie schlaflos.

Kurzentschlossen ziehen wir gleich am nächsten Morgen in ein Luxushotel Richtung Stadtzentrum. Nach dem Einchecken legen wir uns direkt erschöpft in die Betten. Doch anstatt Stille erreicht ein kontinuierliches Dröhnen die hochsensiblen Ohren meiner Mutter. Und obwohl ich das Geräusch nicht wahrnehme, raubt es meiner Mutter den Schlaf und fast den Verstand. Die nächsten Tage verbringen wir überwiegend liegend im Hotelzimmer. Nur kleine Trips zu Pekings wichtigsten Sehenswürdigkeiten unterbrechen unsere mehrtägige Ruhephase. Ich komme nicht wirklich wieder zu Kräften und muss meine lang vorbereitete Rückreise mit der transsibirischen Eisenbahn leider streichen. Wenige Tage vor unserem Rückflug nach Deutschland kehren wir in meine Wohnung im Universitätsviertel zurück. Meine Kollegen und sogar der Student sind in der Zwischenzeit wieder eingetroffen. Alles geht nun ganz schnell und wie in Trance wird gepackt, verabschiedet und schließlich in das Flugzeug zurück nach Deutschland gestiegen.

Mein Körper benötigt einige Wochen bis er sich wieder vollständig erholt hat. Ich kehre in mein diszipliniertes

Studentenleben zurück. Vorlesungen, Praktika und Seminare habe ich schon vor meiner Chinareise alle abgeschlossen. Jetzt sitze ich an meiner Diplomarbeit und pendele zwischen der Universitätsbibliothek und meinem Zimmer. Die Literatur zu meinem Thema suche ich mir mühsam in den Gängen der Bibliothek zusammen, noch ohne Hilfe eines Computers oder gar des Internets. Ich verbringe einige Monate damit aus meinen erhobenen Daten Sinn und Zusammenhang zu extrahieren und mit zwei Fingern in meinen ersten Computer zu tippen. Mit ein paar letzten Prüfungen beende ich meine Universitätskarriere 1993, vorläufig.

Der Student schickt mir zu Beginn wöchentlich Liebesbriefe. Die Briefe sind auf hauchdünnem Luftpostpapier geschrieben und ungefähr zwei Wochen zu ihrem Ziel unterwegs. Im zweiten Brief finde ich zwischen all den Liebesbeteuerungen einen Hilferuf. Der Großvater muss ins Krankenhaus und das Geld dafür fehlt. Die benötigte Summe von 500 DM bzw. 2500 RMB ist für mich als Studentin beträchtlich. Doch darf man Geld gegen ein Leben aufwiegen? Die Geldübergabe erfolgt via Brief nicht über den üblichen Postweg, sondern über einen Mittelsmann der im Rahmen der universitären Zusammenarbeit nach China fliegt. Ich bin ziemlich erleichtert als mich die Nachricht erreicht, dass der Student die Summe auch erhalten hat.

Einer seiner Briefe ist größer und schwerer als üblich. Er enthält eine Tonbandkassette und beim Abspielen überrascht mich die Stimme des Studenten. In einem liebestollen und angetrunkenen Tonfall spricht und singt er. Das gegenseitige Vorsingen von Liedern ist in China gang und gäbe, besonders natürlich unter den gegebenen Umständen. Allerdings reicht die Romantik nicht für ein Liebeslied, sondern er trällert den eher kämpferischer Titelsong des größten Kung Fu-Blockbusters aller Zeiten „ShaoLin Tempel" aus dem Jahre 1982. Traditionell wird die Liebe in China sehr idealisiert und ist meist unerreicht. Beziehungen gründen weniger auf echten Gefühlen, sondern werden meist von anderen Motiven bestimmt, wie Eltern, Status, Geld etc. Nichtsdestotrotz wird meist eine geheime Liebe tief im Herzen gehalten. Nach einiger Zeit reduziert sich die Sehnsucht und die Briefe auf einmal im Monat. Gelegentlich verabreden wir schriftlich ein recht aufwendiges und für mich sehr teures Telefonat. Um unseren Kontakt vor den Kollegen zu verbergen, lässt er sich unter dem Vorwand aufwendiger Experimente im Labor über Nacht einschließen und erwartet dann nach Mitternacht meinen Anruf. Ich muss mich über eine rundum die Uhr besetzte Telefonzentrale mit seinem Labortelefon verbinden lassen und der dazu benötigte chinesische Satz gelingt mir jedes mal verständlich.

Erstaunlicherweise reflektiere ich meine chinesischen Erlebnisse in keinster Weise. Erlebnisse, die überwiegend von Zwang, Kontrolle, Schmerz und Mühe erfüllt sind. Ich gehe einfach weiter und der Student bestimmt die Richtung und das Tempo. Ich habe nie gelernt mich und meine Bedürfnisse und Wünsche wirklich wertzuschätzen. Meine Erziehung durch die von Hitler hinterlassenen Nachkriegsgeneration ist geprägt von Geschäftigkeit, Anpassung und Unauffälligkeit. Widerstand ist gefährlich und verboten. Es braucht jedoch Mut und Erkenntnis um aus seiner Erziehung heraus zu wachsen.

Kreativ und kühn plane ich meine weitere berufliche Karriere und versuche meine Teenagerträume nun mit der neuen Beziehung zu vereinen. Paradoxerweise zieht es mich trotz aller gesammelten Erfahrungen weiter stur nach China. Es kommt mir nicht in den Sinn, dass der Student vielleicht ganz andere Pläne hat. Er schien eine recht passive Rolle inne zu haben, doch auf mysteriöse weise hatte er immer alle Fäden in der Hand. Ich sehe meine berufliche Aktivität im Naturschutz, gerne irgendwo im Regenwald. Tropische Länder mit ihrer üppigen Vegetation üben eine magische Anziehungskraft auf mich aus. Allerdings beschränken sich meine bisherigen tropischen Erfahrungen auf Gewächshausaufenthalte. Als langjähriges Mitglied wende ich mich selbstverständlich an den WWF (World Wide Fund for Nature). Die Naturschutzorganisation ist international einer der Grössten und hat weltweit verschiedene Projekte. Mich interessiert ein Agroforstwirtschaftsprojekt in der Provinz YunNan ganz im Südwesten von China. Ich schreibe zuerst mehrere Briefe und später auch Faxe an das für China zuständige Büro des WWFs in Hongkong, doch leider erfolgt keine Rückmeldung. Ohne wirklich gehört worden zu sein, möchte ich nicht aufgeben. So mache ich mich erneut auf den Weg nach China. Diesmal feuert nicht mehr aufgeregte Neugierde das Reisefieber, sondern ängstliche Anspannung.

Am Flughafen in Peking wartet der Student in der Ankunftshalle. Wie Fremde begrüßen wir uns oberflächlich, teils aus Heimlichkeit und teils mangels Emotion. Er dirigiert mich in ein Taxi und das Taxi in den HaiDian-Distrikt in der Nähe seiner Universität. In einem kleinen Hotel hat er ein Zimmer für mich reserviert. Beim Betreten

bemerke ich sofort den moderigen Geruch. Die hohe Luft-
feuchtigkeit von über 70 % lässt Bakterien und Schimmel
auf Teppichen und Tapeten wuchern. Ich reagiere sehr
empfindlich auf alle Art von Gerüchen, körperlich und
emotional. Meine Reiseplanung habe ich im voraus mit
dem Student abgesprochen und in seine freie Zeit gelegt.
Doch anstatt nach wenigen Tagen in Richtung Südwesten
aufzubrechen, lagert er mich für eine Woche im Hotel
zwischen. Unerwartete Verpflichtungen halten ihn an der
Universität auf. Ich langweile mich im Hotelzimmer und
erwarte ihn jederzeit. Mit seinen unangekündigten Besuchen erteilt er mir ganz bewusst Hausarrest und auch
explizit warnt er mich davor das Hotel alleine zu verlassen.
Er rechtfertigt sein Gebot als Vorsichtsmaßnahme, damit
ich geheim und unentdeckt von möglichen Universitäts-
angehörigen bleibe. Doch ohne jeglichen Kontext ist mein
Wiedererkennungswert lächerlich gering. Viel wahrschein-
licher schien seine Befürchtung, dass ich zufällig eine unerfreuliche Begegnung ganz anderer Art mache. Irgendwann klopft es plötzlich hektisch an meiner Hotelzimmer-
tür. Der Student stürmt rein und treibt mich zur Eile. Sein
Bruder ist wohl schon am Bahnhof und will ganz knapp vor
Abfahrt noch einen neugierigen Blick auf mich werfen.
Den Besuch des Bruders hat der Student zuvor wohl vergessen zu erwähnen.

Nur wenige Tage später setzt mich der Student ganz
alleine in den Zug nach ChangSha und vertraut mich
einem völligen fremden Mann in meinem Abteil an. Er ist
ein Armeeangehöriger höheren Ranges mit recht
schwächlicher Statur. Der Fremde soll mich nach Ankunft
in ein Mittelklassehotel bringen und dann dem Studenten
meinen Aufenthaltsort mitteilen. Interessanterweise gibt

er nur dem Fremden seine Kontaktnummer und nicht mir. Der Student selbst muss angeblich einen Funktionär aus seiner Region in einem anderen Zug begleiten. Mir kam es tatsächlich nie in den Sinn, dass hinter all der Verzögerung, Heimlichkeit und Umdisponiererei ein Besuch seiner Frau und Tochter in Peking stecken könnte. Erst viele Jahre später aus einer abgelösten Perspektive betrachtet, lagen die Puzzleteile ganz offensichtlich vor mir.

Der Fremde verhält sich während der 25 stündigen Zugfahrt recht still und desinteressiert. Schleichend wachsen Zweifel in mir, ob er überhaupt die Absicht hegt sich an die Abmachung zu halten. Nach der Ankunft in ChangSha erweist sich diese Befürchtung allerdings als unnötig. Der Fremde fordert mich auf ihm zu folgen und wir steigen gemeinsam in ein Taxi ein. Er lässt mich erst gegen die erhaltene Anweisung vor den Luxushotels der Stadt vorfahren, nur um mich dann weniger auffällig in ein Mittelklassehotel neben seiner Kaserne einzuquartieren. Am nächsten Tag klingelt das Telefon in meinem Hotelzimmer und der Student ist tatsächlich am anderen Ende der Leitung. In seinen Anrufen beschränkt er sich hauptsächlich darauf, mich mit seiner Ankunft immer wieder auf weitere Tage zu vertrösten. Heftige Regenfälle haben wohl die Verbindungsstraße zu seinem nächsten Bahnhof auf unbekannte Dauer unbefahrbar gemacht.

Diesmal verbringe ich die Wartezeit nicht ganz alleine in meinem Zimmer, sondern erhalte täglich Besuche von dem Fremden. Unsere Kommunikation beschränkt sich auf mein spärliches Chinesisch und diese Treffen sind für mich eine unangenehme Pflichtübung. Meine formelle Freundlichkeit sendet kulturell missverständliche Signale aus. Einen Handkuss wehre ich hilflos mit einem höflichen Lächeln ab. Mit einer heftigen Erkältung rette ich mich schließlich aus dieser immer gefährlicher werdenden Situation bis zur noch unbekannten Ankunft des Studenten. Mit Viren und Krankheit wollte der Fremde nichts zu tun haben. Rückblickend schien die rücksichtslose Sorglosigkeit des Studenten mich einem wild fremden Mann auszuliefern ungeheuerlich, doch im Augenblick hatte ich die Zusammenhänge nicht weiter durchdacht. Irgendwie betäubt schien ich dem Fremden und dem Studenten völlig ausgeliefert.

Etliche Tage später sitze ich endlich gemeinsam mit dem Studenten im Zug Richtung KunMing, der Hauptstadt der Provinz YunNan. YunNan grenzt im Südwesten an Vietnam, Laos und Myanmar und gehört wirtschaftlich betrachtet zu den ärmlichsten Provinzen Chinas. Dagegen ist die Biodiversität YunNans immens und reicht von schneebedeckten Hochgebirgen bis hin zu subtropischen und tropischen Tälern. Dort in den tropischen Wäldern von XiShuangBanNa nahe der Grenze zu Myanmar leben die letzten wilden Elefanten Chinas streng geschützt. In den tropischen Wälder XiShuangBanNas hoffe ich auch den für das Agroforstwirtschaftsprojekt zuständigen WWF-Mitarbeiter zu finden.

Hier in KunMing schwingt scheinbar eine leichte und entspannte Urlaubsstimmung. Zum ersten Mal in China treffe ich auf weltenbummelnde Rucksacktouristen aus aller Welt mitsamt der dafür typischen Infrastruktur. Überall gibt es billige Hostels mit gemischten Mehrbettzimmern, Cafés mit einfachen westlichen Gerichten und private Busunternehmen, die ihre in alle Himmelsrichtungen verstreuten Ziele auf Englisch bewerben. Wir halten uns nicht lange auf und setzen uns am Nachmittag in den nächsten Bus Richtung JingHong, der Hauptstadt von XiShuangBanNa. Gegen Abend halten wir an einer sehr einfachen Tank- und Raststätte für eine längere Pause, die vor allem für die Busfahrer gedacht ist. Das Restaurant ist auf die Busladungen voll hungriger Menschen eingestellt und bewirtet sehr zügig. Mich zieht es erst dringend ganz wo anders hin. Die Toiletten sind zwar nach Geschlechtern getrennt, dafür hocke ich über der primitivsten Variante ohne Spülung aber mit geschäftigen Fliegenmaden. Im Gedanken übertrage ich diese unhygienischen Bedingungen in die Restaurant-küche und entscheide mich nur für eine Plastikflasche mit Wasser. Während der Student sich mit den anderen an einen der langen Holztische setzt und sich satt isst, ziehe ich es vor abseits alleine in den Wald zu starren. Mit einem Schlag bricht die tropische Nacht herein und es ist stockdunkel.

Langsam kommt wieder Bewegung in meine gesättigte Gruppe und die Fahrer treiben uns in den Bus zurück. In völliger Dunkelheit rast der Bus auf der schmalen und kurvigen Straße durch den tropischen Regenwald. Vor jeder starken Biegung hupt der Fahrer mehrmals laut um möglichen Gegenverkehr vor seiner ungebremsten Fahrt zu warnen. Alle im Bus scheinen friedlich zu schlummern, nur der Fahrer am Lenkrad und ich sind wach. So realisiere auch nur ich wie der waghalsige Fahrstil unser aller Schick-sal herausfordert. Angespannt beobachte ich das bisschen Straße, das im Lichtkegel der Busscheinwerfer erscheint. Ich versuche verzweifelt Kontrolle zu gewinnen in dem ich immer wieder reflexartig mit meinem Fuß auf eine imagináre Bremse steige. Irgendwann schließt dann doch die Müdigkeit meine Augen und ich döse mit wachsamen Ohren vor mich hin. Bis mich plötzlich ein Ruck aufschreckt. Dann ist es ganz still, kein Motorengeräusch und keine Bewegung. Ich bin fast erleichtert, dass der Bus nun in einem kleinen Graben feststeckt und uns damit der Fall in eine tiefe Urwaldschlucht hoffentlich erspart bleibt. Mit einer Taschenlampe begutachten die Fahrer zuerst alleine die Lage von außen. Dann wird der Bus geräumt und alle müssen anschieben. Tatsächlich gelangt der Bus mit vereinten Kräften wieder zurück auf die Straße. Die Fahrer wechseln und die Fahrt geht nach diesem Zwischenfall nun besonnener weiter. Kurz nach Tagesanbruch öffnet sich vor uns eine Talsenke und mitten im Urwald der Blick auf eine Stadt, JingHong.

Nach unser Ankunft will ich keine Zeit vergeuden und wir begeben uns gleich auf die Suche nach der lokalen Außenstelle des WWFs. Es sollte doch kein Problem sein einen ansässigen LaoWai (Ausländer) unter all den Chinesen zu finden? Wir schlendern durch die Straßen und halten Ausschau nach einem WWF-Schild. Ich bitte den Studenten Leute auf der Straße anzusprechen und nach dem LaoWai vom WWF zu fragen, doch ohne Erfolg. Zufällig kreuzt auch die Polizeistation unseren Weg, in deren Aufgabenbereich die Überwachung der ausländischen Aktivitäten gehört. Etwas widerwillig betritt der Student die Wache und kommt nach einiger Zeit mit einer glimmenden Zigarette zwischen den Fingern wieder heraus. Er bringt eine unspezifische Antwort mit: Tatsächlich lebt ein polizeibekannter Ausländer zeitweise außerhalb der Stadt in einem Dorf. Ob es sich dabei allerdings um den WWF-Menschen handelt ist unklar. Noch einmal versuche ich

WWF-Hongkong telefonisch zu kontaktieren und habe diesmal Erfolg. Ein Amerikaner ist der Leiter des Agroforstwirstchaftsprojektes und nur zweimal im Jahr kurz vor Ort hier in XiShuangBanNa. Sein Hauptstützpunkt ist an der forstwirtschaftlichen Universität in der Provinzhauptstadt KunMing. Laut Hongkong ist er gerade im Land, doch wo er sich momentan genau befindet ist nicht bekannt. Ich lasse mir sicherheitshalber den Namen des Dorfes langsam buchstabieren in dem er sich gewöhnlich hier in XiShuangBanNa aufhält.

Am nächsten Morgen sitzen wir im Regionalbus. Nach einer knappen halben Stunde steigen wir in einem kleinen Dorf aus. Recht schnell fragen wir uns zum Haus des Amerikaners durch und er hält sich tatsächlich gerade hier auf. Allerdings ist er heute den ganzen Tag unterwegs auf Feldinspektion. Wir vertreiben uns die Wartezeit bei der einzigen Dorfattraktion, einem Baum dessen Stämme und Äste die Gestalt eines Elefanten formen. Das dazugehörige Besucherhaus ist im typischen Dai-Stil gebaut, aus Bambus, auf Stelzen und sehr luftig. Wir sind ganz alleine, keine Besucher und keinerlei Personal. Hier gibt es keine Aufsicht, keine Verkaufsstände, kein Restaurant und auch kein Ticketverkäufer. Die Erinnerungsphotos sind schnell gemacht und ich ziehe mich ins Besucherhaus zurück. Der Student ist ruhelos und zieht immer wieder los und lässt mich alleine sitzen. Zwischen uns gibt es nichts zu sagen, gibt es keine emotionale Nähe. Ich nehme es als gegeben hin und trotz der langen Mußezeit mache ich mir keinerlei Gedanken über den Zustand, Sinn oder Zweck unserer Beziehung.

Nach geduldig langem Warten fährt am Nachmittag

endlich ein mit dem WWF-Logo markierter Geländewagen die Dorfstraße herauf. Ich passe den überraschten Amerikaner direkt am Straßenrand ab. In einem nur knappen Gespräch erkläre ich ihm mein Anliegen und meinen akademischen Hintergrund. Ich brauche keine verbale Überredungskunst, denn meine bloße Anwesenheit hier mitten im chinesischen Tropenwald überzeugt ihn von meiner Entschlossenheit und meinem Engagement. Mit dem Versprechen sich dafür einzusetzen mich in sein Projekt zu integrieren gibt er mir seine Visitenkarte. Dieses kurze Aufeinandertreffen muss genügen um ein erforderliches Vertrauensverhältnis aufzubauen, denn seine Zeit ist beschränkt und er fährt schon am nächsten Tag zurück nach KunMing.

Der öffentliche Bus bringt uns wieder nach JingHong und wir verbringen noch einige Tage mit touristischen Aktivitäten. In der weißen Pagode in DaMenLong, einem buddhistischen Tempel und eines der bekanntesten Stupakomplexe in Südchina, verbeugt sich der Student mit glimmenden Räucherstäbchen zwischen den betenden Händen vor einer Buddhastatue. Ich selbst bin zwar auch dem Buddhismus zu gewandt, kann aber den Sinn dieser Statuenverehrung nicht begreifen. Mein Interesse gilt der spirituellen Praxis, der Meditation und Energiearbeit. Das Beten verbinde ich generell mit einem Abschieben der eigenen Verantwortung. Ein weiteres wichtiges Ritual in einem buddhistischen Tempel ist die Zukunftsdeutung. Der Student greift nach einem mit nummerierten Stäbchen gefüllten Becher und schüttelt heftig bis ein Stab herausfällt. Er übergibt den Stab dem zuständigen Mönch und dieser sucht den zur Nummer gehörigen Text heraus. Erstaunlicherweise hat die Voraussage großes Potential

Realität zu werden: Er wird in den Westen gehen und wieder in den Osten zurückkehren. In meinen noch naiven Augen scheint sein vermeintlicher Aberglaube kindisch.

XiShuangBanNas Diversität beschränkt sich nicht nur auf die Fauna und Flora, sondern bezieht auch die mehr als 13 verschiedenen ethnischen Volksgruppen mit ein. Mit mehr als einem Drittel prägen die Dais mit ihren typischen Stelzenhäuser aus Bambus das allgemeine Landschaftsbild. So führt uns einer unserer Ausflüge in ein typisches Dai-Dorf, auf einen typischen Bauernmarkt und auch an das Ufer des LangCangJiangs, besser bekannt unter den Namen Mekong. Etwas surreal stehe ich auf einer Brücke und starre in die braunen Fluten des Flusses unter mir. Mit dem Mekong verbinde ich gefährliche Abenteuer, denn er ist die beliebteste Route der Drogenschmuggler. XiShuangBanNa liegt im goldenen Dreieck, dem Zentrum für Schlafmohnanbau, Opium- und Heroinproduktion und Drogenhandel in Südostasien.

Frühmorgens steigen wir in den Fernbus Richtung Kun-Ming. Entgegen dem Rat des Studenten setze ich mich ganz hinten auf die Rückbank, obwohl es dort am meisten schaukelt und ich nicht seefest bin. Doch ganz hinten fühle ich mich am wenigsten beobachtet und damit am wenigsten belästigt. Ich freue mich auf die Fahrt durch den Urwald bei Tageslicht. Hier in den Tropen ist alles so üppig, selbst die Schmetterlinge sind riesig und schillern in allen Farben. Die Fahrt bei Tag hat allerdings einen wesentlichen Nachteil. Alle Männer im Bus haben fortwährend eine glimmende Zigarette im Mund. Da ich den Rauch nicht ertragen will, sitze ich gleich neben dem geöffneten Fenster. Es regnet und ich fröstele in der kühlen Zugluft.

Und plötzlich ist mir von dem Geschaukel speiübel und ich übergebe mich während der Fahrt direkt aus dem Fenster hinaus. Und plötzlich gleicht die Fahrt einer Tortur. Ich fühle mich elend, mir ist kalt und ich versuche irgendwie durchzuhalten. In KunMing mieten wir uns in einem kleinen Hotel ein und ich lege mich mit inzwischen hohem Fieber sofort ins Bett. Mein Körper versucht durch Schweißausbrüche das Fieber zu senken. Ich bin sehr schwach, will nichts essen, will nichts trinken und will auf keinem Fall zum Arzt. Das Fieber ist hartnäckig und nach drei Tagen nehme ich fiebersenkendes Aspirin ein. Nun strömt der Schweiß wie Sturzbäche aus mir heraus und das Bett ist völlig durchnässt. Der Student muss das Zimmermädchen anflehen, damit sie das Bettzeug wechselt. Statt Mitgefühl hat sie nur einen abschätzigen Blick für mich übrig.

Mein gesundheitlicher Zustand macht den Studenten allmählich nervös. Er lässt mich im Bett aufsitzen, hilft mir meine Hose und Schuhe anzuziehen, zieht meinen Arm über seine Schultern und stützt mich mit dem anderen um die Hüfte. So schleppt er mich durch die Straßen zu einer kleinen Arztpraxis. Während der Student die notwendigen Informationen gibt, fühlt der Arzt meinen Puls. Ohne viel Worte werde ich in ein anderes Zimmer mit zwei Betten geführt. Ein Bett ist mit einem jungen Chinesen am Tropf belegt und mir wird das noch freie Bett zugewiesen. Eine Infusionsflasche wird herbei gebracht und mein Arm wird in die richtige Position gelegt um die Infusion zu setzten. Mit Entsetzen beobachte ich was vor sich geht. Ich bin viel zu schwach um mich all dem zu widersetzen. Es gelingt mir irgendwie meine Spritzenphobie kurzfristig unter Kontrolle zu halten und die aufkommende Panik wegzudrücken. Der Arzt ist sehr geschickt, ich spüre nicht einmal den Piecks der Nadel beim Einstechen in die Vene. Ich habe keine Ahnung was in der Flasche ist und bei diesem Gedanken gerate ich dann doch in Panik. So wälze ich mich die nächsten zwei Stunden leise wimmernd im Bett hin und her bis die Flasche endlich leer ist. Erstaunlicherweise geht es mir viel besser, sehr viel besser. Ich habe kein Fieber mehr und fühle mich sogar stark genug um die Praxis selbstständig ohne Stützung zu verlassen.

Die schnelle Genesung macht mich nach nur wenigen Tagen wieder reisefähig und wir sitzen im Zug nach ZhengZhou auf dem Weg nach ShaoLin. Kurz nachdem wir diesmal in zwei getrennte Hotelzimmer eingecheckt haben, sitzen wir wieder mit unserem Mönch und einem TuDi (Schüler) im Hotelrestaurant. Es ist der Kleinere vom vorigen Jahr, der mit der Ernsthaftigkeit in den Augen. Die langsame Annäherung wird wieder auf gemeinsamen Fotos festgehalten.

Am nächsten Tag erkundet der Student mit mir die Umgebung und nach einem sehr steilen Aufstieg entlang der zukünftigen Seilbahntrasse erreichen wir am Gipfel das Nonnenkloster von ShaoLin. Eigentlich ist es weniger ein Kloster, als viel mehr eine kleine Unterkunft für die zwei älteren Frauen. Die religiösen Riten werden unten im Haupttempel praktiziert. Obwohl sich wohl nur selten Touristen hier herauf verirren, beachten uns die Nonnen kaum. Sie schätzen ihre Ruhe auf dem Berggipfel weit ab vom üblichen Trubel in ShaoLin. Wir halten uns deshalb auch nur kurz auf und machen uns auf den Weg zurück zum Hotel.

Gleich im WuShuGuan-Bereich treffen wir ganz zufällig auf den kleinen TuDi. Und ganz spontan nutzen wir die Gelegenheit uns bei einem weiteren Essen in einem der kleinen Restaurants entlang der Hauptstraße näher kennenzulernen. Es wird viel geredet, aber nichts übersetzt. Und so werde ich wieder mal in eine stumme Statistenrolle abgedrängt. Ich verstehe meist nur einzelne Worte und reime mir irgendeinen Sinn zusammen, der wohl meist mit dem Gesprochenen nichts gemein hat. Der Student hat viel zu erzählen, wobei mich eigentlich die Geschichten aus dem Leben des kleinen TuDis viel mehr interessieren würden. Der TuDi ist ein sehr aufmerksamer, fast ehrfürchtiger Zuhörer. Ich mag ihn, er scheint einen Sinn für Humor zu haben. Und immer wenn er lacht, verschwinden seine Augen hinter zwei kleinen Schlitzen. Trotz seiner Jugend strahlt er eine interessante Mischung von Reife und Liebenswürdigkeit aus. Bevor wir uns verabschieden, halten wir unsere Begegnung nochmals fotografisch fest. Er springt auf einen Holzpfahl und strahlt mich an. So fange ich sein Lachen für die Ewigkeit ein. Am nächsten Tag reisen wir zeitig in Richtung Peking ab. Und schon kurz darauf besteige ich dort meinen Flieger zurück nach Deutschland.

Hier sitze ich nun mehr oder weniger für unbestimmte Zeit auf gepackten Koffern in der Warteschleife bis ich Nachricht vom WWF über meine mögliche Mitarbeit in China bekomme. Einstweilen wohne ich wieder bei meinen Eltern und verbringe viel Zeit mit den Pferden. Ziemlich halbherzig versuche ich meine Chinesischkenntnisse im Selbststudium zu erweitern. Und ich verfolge meine Kung Fu-Ambitionen. Über nur eine Ecke finde ich sogar einen chinesischen Lehrer. Der ehemalige Trainer der chinesischen Nationalmannschaft unterrichtet in der nächsten Großstadt fast 100 km entfernt. Einmal die Woche nimmt mich ein neuer Bekannter zum Training mit. Der chinesische Meister lehrt das moderne WuShu, ein akrobatischer Wettkampfstil. Und wieder beschränkt dieser sonderbare Defekt meiner körperlichen Konstitution mein Talent. Ein weniger akrobatischer, mehr traditioneller Kung Fu-Stil läge da wohl mehr in meinen Möglichkeiten. So vergeht Monat um Monat und ich habe das Gefühl, dass ich meine Zeit eigentlich viel effizienter nutzen könnte, in ShaoLin. Allerdings stecke ich hier im Dilemma. Mit meiner Stute bilde ich seit unser beider Kindheit ein eingeschworenes Team und nicht nur meine Stute leidet sichtlich unter einer längeren Trennung. Leider kann ich niemand ihre Pflege blind anvertrauen und so möchte ich sie nicht länger als nötig alleine lassen.

Dann meldet sich der WWF und mir wird Ort und Zeit des Treffens genannt. Ich bestätige den Termin und beginne sofort mit den Reisevorbereitungen wie Visa, Flugticket etc. Einen Monat vor dem formellen Zeitplan fliege ich nach China und quartiere mich diesmal ganz offiziell wieder im Ausländerhaus im Universitätsviertel der Landwirtschaftlichen Universität in Peking ein. Diese Vorlaufphase möchte ich nutzen um mich in bekannter Umgebung wieder in China zu akklimatisieren. Und offensichtlich entspricht die Standortwahl in der unmittelbaren Nähe des Studentens der allgemein gültigen Norm einer laufenden Liebesbeziehung. Offiziell ist die genaue Art unserer Beziehung immer noch geheim, doch diesmal als quasi Privatperson scheint sich nicht mal der alte Hausmeister für meine Aktivitäten zu interessieren. Die mangelnde Bewachung bedeutet aber auch einen mangelnden

Schutz. Jeder kann nun ungeprüft und unangemeldet vor meiner Tür stehen.

Meine Anwesenheit spricht sich schnell herum und lockt eine junge Frau an. Auf ihr Klopfen öffne ich vorsichtig die Tür und recht zielstrebig steht sie sogleich in meiner Wohnung. Für eine Chinesin ist sie sehr groß und kräftig gebaut, sie überragt mich in Höhe und Breite. Ungeniert durchstöbert sie meine Sachen. Ihr Auge fällt auf ein Englisch-Deutsches Wörterbuch und sie fordert es energisch von mir ein. Wenn keine Etikette oder Hierarchie im Spiel ist, können Chinesen ungewohnt direkt sein. Das sehr dominante Auftreten dieser jungen Frau lässt ganz nah an der Oberfläche einen aggressiven Wahnsinn spüren. Ich gebe ihr nicht nach und versuche sie so schnell wie möglich wieder vor die Tür zu setzen, was mir nur ansatzweise gelingt. Sie steht zwar vor der Tür, schiebt aber ihren Fuß dazwischen und drückt wieder sehr energisch ins Innere der Wohnung. Geistesgegenwärtig greif ich zum Schlüssel und verlasse selbst auch die Wohnung. Perplex weicht sie zurück und nun gelingt es mir die Tür von Außen zu schließen. Fluchtartig verlasse ich das Gebäude und renne auf wackligen Knien gefühlt um mein Leben. Immer wieder schaue ich mich ängstlich um, doch die junge Frau ist nirgends zu sehen. Über eine Stunde treibe ich mich auf der Straße herum bis ich mich wieder nach Hause traue. Wie sich später herausstellte war die junge Frau tatsächlich psychisch labil und sogar die Enkelin des alten Hausmeisters.

Anstatt mich an einer der lokalen Sprachschule für einen ordentlichen Chinesischkurs einzuschreiben, versuche ich mich wieder im Selbststudium mit Fokus auf das Hörverständnis vor dem Fernsehapparat und gelegentlichem Blick in ein Sprachlehrbuch. Leider ist der faktische Lernoutput gleich Null. Ich kann zumindest die grobe Handlung der zahlreichen chinesischen TV-Serien über den visuellen Input verfolgen. Ganz unerwartet begegne ich auf der Straße direkt vor dem Ausländerhaus einer älteren US-Amerikanerin mit langen silbergrauen Haaren. Dieses Jahr ist sie die Englischlehrerin. Obwohl sie im selben Haus nur einen Stock unter mir wohnt, ist sie mir bisher noch nicht aufgefallen. Sie wirkt ziemlich verängstigt und reagiert nur als ich sie direkt anspreche. Schon wenige Worte offenbaren, dass sie sich noch in einer heftigen Kulturschockkrise befindet. Klassisch verläuft der typische Kulturschock in vier Phasen: Honeymoon-Phase, Krise, Erholung und Anpassung. Manche Menschen wie sie allerdings scheinen in der Krisenphase dauerhaft festzustecken. Sie verschanzt sich in ihrer Wohnung und verlässt das Haus nur für ihre Unterrichtsstunden an der Universität. Aus Angst sich mit Pestiziden und Bakterien zu vergiften, vermeidet sie jegliche Vitamine in Form von Gemüse und Obst. Sie ernährt sich schon seit Monaten ausschließlich von Nudeln mit Sojasoße. Ihr bisher einziger Kontakt im Ausländerhaus ist ein recht gelassener und aufgeschlossener Wissenschaftler aus dem Sudan. Gleich bei unserer ersten Begegnung lädt er sich in meine Wohnung ein um dort für mich Gerichte seiner Heimat zu kochen. Ahnungslos über die sich nachziehenden Folgen stimme ich erfreut zu und lerne ganz neben bei wie ich in Zukunft mein eigenes Fladenbrot im Wok backen kann. Der Student macht mir allerdings unmissverständlich klar, dass diese Aktivität nicht im dem Handlungsspielraum seiner heimlichen Geliebten liegt und ich akzeptiere scheinbar unterwürfig. Ich stecke diese Einschränkung meines persönlichen Freiraumes in die Schublade für kulturelle Unterschiede. So ziehe ich mich aus dem gesellschaftlichen Leben zurück und beschränke mein wartendes Dasein wieder hauptsächlich auf das Studium des chinesischen Fernsehprogramms.

Dann erteilt mir der Student einen ganz dringenden Auftrag: Ich soll für seine Masterarbeit das englische Literaturverzeichnis in einen Computer tippen. Allerdings sind auf dem Campus Computer rar und weder öffentlich und schon gar nicht anonym verfügbar. Er will mich nicht in sein Institut einschleusen um irgendwelche laute oder auch stille Fragen über die Art unserer Beziehung zu vermeiden. So wende ich mich mit einem ungutem Bauchgefühl an meine deutsche Mithausbewohnerin und ehemalige Universitätskollegin, die in Zusammenarbeit mit dem hiesigen deutsch-chinesischen Zentrum ein mehrmonatiges Projekt durchführt. Mein Verhältnis zu dessen deutschen Leiter war im vorangegangenen Jahr nicht gerade herzlich. Und eigentlich bin ich ganz froh ihm dieses Mal noch nicht über den Weg gelaufen zu sein. Doch das deutsch-chinesische Zentrum scheint meine einzige Möglichkeit auf einen Computerarbeitsplatz zu sein. Auf meine vorsichtige Anfrage arrangiert sie ohne weiteres einen Nachmittagstermin. Sie weist mir einen Computer zu und lässt mich trotz meiner Bedenken alleine im Raum zurück. Die Tür steht nur ein Viertel offen und nach fast zwei Stunden intensiven Tippens höre ich den deutschen Leiter laut schimpfend vor der Tür auf und ab marschieren. Instinktiv ducke ich den Kopf, als ob ich so unsichtbar würde. Dann stürmt er das Zimmer und wütet wild herum. Jemand muss ihn wohl über mein Treiben hier informiert haben und zu recht fühlt er sich in seinem

„eigenen" Zentrum komplett übergangen. So voller zorniger Worte fordert er mich glücklicherweise nicht auf die Lage zu erklären. Geübt stehe ich regungslos in seinem heftigen Wortgewitter. Und vor meinem unmittelbaren Rauswurf fordert er noch einen Bußgang ins Büro der chinesischen Zentrumsleitung. Dort interessiert sich allerdings niemand sonderlich für mich, mein Treiben am Computer oder meinen groben Verstoß. Mein Verbrechen wird mit einem leichten Handwink annulliert.

Endlich ist meine Zeit in Peking um und der vom Studenten diktierten grotesken Rolle überdrüssig sitze ich erleichtert im Zug nach KunMing. Ausgerüstet mit genügend Proviant, Teebeuteln und Klopapier freue ich mich auf die zwei Tage lange Fahrt quer durch China. Ich habe das unterste Bett im „hard sleeper" Abteil gebucht und damit den Anspruch direkt am Fenster zu sitzen. Ich genieße es hinaus zu starren, die wechselnde Landschaften und Menschen zu beobachten und dabei meinen Gedanken nachzuhängen. Die Fahrt ist wie eine Zeitreise durch die geschichtliche Mechanisierung der Landwirtschaft. Im subtropischen Osten mit fruchtbaren Lößebenen ist alles groß, die Felder und Traktoren. Je südlicher, desto tropischer, steiler und unfruchtbarer wird der Boden und desto kleiner werden die Maße: kleine Traktoren, motorisierte Handpflüge, Wasserbüffel und die ganz kleinen Flecken werden mit einfachen Hacken von Hand bearbeitet.

Um mich zu schützen halte ich den Kontakt zu den vorwiegend männlichen Mitreisenden erfolgreich minimal indem ich meine wenn auch nur spärlichen Chinesischkenntnisse verdeckt halte und jeglichen Augenkontakt vermeide. Nur als am morgen plötzlich meine metallene Wasserflasche fehlt, stehe ich und mein Verhalten plötzlich im Fokus des Abteils. Nach kurzer Verwirrung wird mir schnell klar, dass sie wohl nachts durch das offene Fenster von außen entwendet wurde. Ohne Trinkgefäß muss ich dann den Rest des Tages ohne Flüssigkeitszufuhr auskommen.

KunMing ist nicht nur ein beliebtes Ziel für internationale Backpacker, sondern auch mit billigen Hostels und einem Angebot von kleinen westlichen Gerichten gut dafür aufgestellt. Der Bahnhof liegt sehr zentral und mehrere billige Hostels sind leicht zu Fuß zu erreichen. Von meinem letzten Besuch kenne ich die genaue Richtung und mache mich auf die Suche nach einer Unterkunft. Ich checke in ein ordentlich wirkendes Hostel ein. Die Zimmer sind über mehrere Stockwerke verteilt und zu meinem Entsetzen nicht nach Geschlechtern getrennt. In meinem Zimmer sitzt ein ungefähr 40 Jahre alter Mann auf einem der vier Betten. Wir kommen sehr schnell ins Gespräch. Er stammt aus der französischen Schweiz und hat viel zu erzählen. Seit 10 Jahren ist er schon unentwegt in der Welt unterwegs und in jedem Land wartet eine Frau auf ihn. Wie ich gegen Abend beunruhigt feststelle bin ich die einzige Frau im Zimmer. Zwar scheinen die drei Männer ganz harmlos, doch ich mache die ganze Nacht kein Auge zu. Laut meiner bisherigen Erfahrungen ist eigentlich nur eine gleichgeschlechtliche Belegung von Zimmern in China erlaubt. Eine Ausnahme bilden da natürlich verheiratete Paare nach Vorweisen der entsprechenden Dokumente. Diese Regelung gilt scheinbar nur für Chinesen.

Auf meinen Weg durch den Korridor des Stockwerks

klingelt ein gemeinschaftliches Telefon und da keiner in der Nähe ist, hebe ich den Hörer ab. Eine Männerstimme mit chinesischem Akzent nennt mich leicht unsicher Edith. Die echte Edith ist schnell gefunden. Sie ist tatsächlich die erste Person, die ich auf meiner Suche anspreche. Nur kurze Zeit später treffe ich wieder auf Edith und wir beginnen uns auszutauschen. Edith ist Französin und studiert in ihrem Auslandssemester Chinesisch in Peking. Gerade sind Ferien und sie genießt den scheinbar lockeren und westlichen Flair hier in KunMing. Wir verstehen uns auf Anhieb gut und verbringen in den nächsten Tagen viel Zeit miteinander. Sie scheint mir so vertraut, dass ich immer wieder unbewusst aus dem Englischen ins Deutsche falle. Und irgendwann erzählt mir Edith wie sie meinen schlimmsten chinesischen Albtraum erlebte: Ein chinesischer Künstler lockte sie zusammen mit zwei Freundinnen in seine Wohnung. Dort überraschte er die Mädchen mit zwei weiteren Männern und mit versteckten Drogen im Bier. Schon nach ein paar Schlucken waren die Mädchen benommen. Jeder der Männer schnappte sich eines der wehrlosen Mädchen und zog sich in einen separaten Raum zurück. Edith und ein anderes Mädchen konnten mit etwas Widerstand das Ausmaß der sexuellen Handlung abschwächen. Das dritte Mädchen wurde mit einem Messer an der Kehle von dem Künstler coital vergewaltigt. Perverserweise wurde das Mädchen von seinem Vergewaltiger nach einigen Tagen angerufen und um ein weiteres Treffen gebeten. Ediths Geschichte überwältigt mich emotional derart, dass ich gerade noch das Fenster erreiche bevor ich mich übergebe. Ich bin über meine sehr starke körperliche Reaktion regelrecht erschrocken.

Es ist soweit, ich mache mich auf den Weg zum forstwirtschaftlichen College um mich mit dem WWF-Mann zu treffen. Ich nehme den Bus zum BaiLong-Tempel im Osten der Stadt und durchquere zu Fuß eine Backstein-fabrik vorbei an Männern, die mit bloßen Händen Holzformen mit Lehm füllen, vorbei an hunderten zum Trocknen aufgereihten Backsteinen und vorbei am großen Brennofen. Plötzlich spüre ich ohne sichtbaren Grund Angst in mir hochkriechen und reagiere mit verhaltener Flucht. Ich beschleunige meine Schritte und vermeide jeglichen Blickkontakt mit den Arbeitern indem ich meine Augen strikt nach unten richte. Als ich eine öffentliche Straße erreiche beruhige ich mich wieder.

Der College-Campus liegt direkt gegenüber auf der ander-en Straßenseite. Viele Häuserblocks reihen sich aneinan-der und gleich am Eingang scheint das Wohnviertel zu sein. Auf der Suche nach dem WWF-Mann frage ich den Erstbesten auf Chinesisch nach dem Amerikaner und ganz selbstverständlich werde ich mit einem „Mei You" („gibt es hier nicht") abgespeist. Meist versteckt sich hinter einem „Mei You" nur Unkenntnis oder auch Unwillen. Doch schon der Nächste weiß nicht nur Bescheid, sondern arbeitet sogar mit dem Gesuchten zusammen. Gut gelaunt führt er mich bis in die Wohnung des Amerikaners und präsentiert mich als gelungene Überraschung. Mit freudiger Erleicht-erung schließt dieser mich zuerst einmal in die Arme. Obwohl wir eigentlich erst am nächsten Tag verabredet sind, hat er wohl schon seit einigen Tagen etwas nervös auf ein Zeichen von mir gehofft. Ohne uns all zu lange aufzuhalten fahren wir mit dem WWF-eigenen Auto zu meinem Hostel. Eilig hole ich meine Sachen aus dem Zimmer und checke offiziell aus. Es bleibt keine Gelegenheit mich von Edith zu verabschieden und so bleibt es wohl nur bei unserer kurzen Begegnung. Wieder vor Ort werde ich in ein Zimmer des College-Hotels einquartiert.

Gleich am nächsten Tag leitet der Amerikaner meine große Arbeitsbesprechung mit dem kollaborierenden Professor und seinen Studenten. Detailliert wird besprochen wo welche Bodenprofile und welche Bodenuntersuchungen durchgeführt werden sollen. Zusätzlich soll noch ein Inokkulationsversuch mit stickstofffixierenden Bodenbakterien (Rhizobien) an kleinen Akazienbäumen aus dem Pflanzgarten angesetzt werden. Es wird fleißig mitgeschrieben und genau nachgefragt. Anschließend führen mich drei der Studenten zu ihrem Institut und Labor. Und hier wird nun sehr schnell klar, dass keiner von ihnen wirklich Englisch spricht oder versteht. Eine erfolgreiche Kommunikation basiert also vollständig auf meinem rudimentären Chinesisch. Es gelingt mir meine Anliegen verständlich zu machen und wir verabreden uns für den nächsten Tag um gemeinsam mit der Umsetzung des Projekts zu beginnen.

Am nächsten Morgen stehe ich allerdings völlig überrascht ganz alleine vor verschlossener Tür. Nervös gehe ich vor dem Institutsgebäude auf und ab. Ich habe keine Ahnung wie ich die Studenten erreichen kann. Ich kenne nicht einmal ihre Namen. Leichte Verzweiflung kriecht in mir hoch bis möglicherweise nicht ganz zufällig eine Chinesin freundlich auf mich zu kommt und mich auf Englisch anspricht. Sie ist die Englischlehrerin der Studenten und weiß über mich und das vereinbarte Treffen Bescheid. Irgendwie ist sie nicht wirklich überrascht mich hier alleine zu sehen. Sie scheint meine verlorene Position nicht zu billigen und nimmt meine Angelegenheit in ihre Hände. Gemeinsam machen wir uns auf die Suche und finden die Studenten gutgelaunt in deren Wohnheim. Die Englischlehrerin stellt sie zur Rede und alle sind sich einig, dass sie das Treffen wohl ganz vergessen haben. In meiner gutgläubigen Art vermute ich nichts weiteres hinter dieser sehr einfallslosen Ausrede. Erst kurz vor meiner Abreise entdeckte ich ein Komplott. Mit der Überwindung dieser ersten Hürde, zeigen sich einige wenige aus der Studentengruppe gewillt tatsächlich an diesem Projekt mitzuarbeiten.

Die Projektarbeiten laufen an. Auf dem Untersuchungsgebiet graben wir gemeinsam Bodenprofile, erheben Daten und nehmen Bodenproben. Eine Zusammenarbeit findet nun tatsächlich statt, zwar freundlich doch sehr diskussionsreich. Fast jeder Handgriff erfordert mühsame Aufklärungs- und Überzeugungsarbeit. Der chinesische Professor scheint spurlos verschwunden und so muss ich mir den Respekt der Studenten ganz alleine erarbeiten. Abends besuche ich oft den Amerikaner und falle erschöpft auf seine Coach und lausche Geschichten über seine Pferde und die Wälder in Idaho. Die Liebe zu den Pferden verbindet uns schnell und wir haben unseren Kontakt über die Jahre gepflegt.

Gleich zu Beginn warnt mich der Amerikaner nicht in den umliegenden Restaurants zu essen. Er hatte sich dort schon eine schlimme Lebensmittelvergiftung eingehandelt. Mein Frühstück kaufe ich auf dem nahegelegen Bauernmarkt. Ich wechsle zwischen YouJiao (stangenförmiger süßer frittierter Teig) und Klebreis mit süßer roter Bohnenpaste ab. Auf dem Markt finde ich mich sofort sehr gut zu

recht. Ich muss hier nicht umständlich mit Fingern herum-
hantieren wie in Peking, sondern einfache Worte reichen
zur eindeutigen Verständigung aus. Für meine Haupt-
mahlzeit beschränke ich mich vorerst auf die wohl
hygienischere College-Kantine. An der Ausgabestelle kann
man aus einer Vielzahl von auch vegetarischen Gerichten
auswählen und sich die gewünschte Menge in die mitgebrachte Schüssel schöpfen lassen. Ich bin ganz erstaunt
wie gut alles schmeckt. Allerdings ist das Essen nicht
wirklich vegetarisch. Zwischen dem Gemüse finde ich ganz
viele kleine Insekten und ich bin sehr bemüht sie alle
herauszufischen. Einige Tage kann ich meinen Ekel beim
Essen unterdrücken, doch dann schüttelt es bei jedem
Bissen meinen ganzen Körper und ich beende die In-
sektenkost.

Der Weg in die Stadt zu den verwestlichten Restaurants ist
nach Feierabend zu weit. Ohne Kochgelegenheit im Hotelzimmer bleibt mir nur schälbare Rohkost, die ich auf dem
Bauernmarkt finde und das sind vor allem Tomaten. Nach
fast zwei Wochen ist meine Zunge und mein gesamter
Mundraum wund und jeder Bissen und Schluck tut weh.
Der freundliche chinesische WWF-Mitarbeiter, der mich
schon an meinem ersten Tag zu dem Amerikaner geführt
hat, bringt mich nun zum College-Arzt. Der Arzt wirft
einen kurzen Blick in meinen Mund und drückt mir Vitamin
B-Tabletten in die Hand. Ob nun tatsächlich Vitamin B-
Mangel für meinen rot entzündeten Mund und Zunge
verantwortlich ist oder nur die Säure der vielen Tomaten,
will ich garnicht herausfinden. Ich fahre sicherheitshalber
gleich zweigleisig. Zusätzlich zu den Vitaminen erweitere
ich meinen Speiseplan mit gekochten roten Bohnen, die
ich auf dem Markt bei einer Bäuerin entdecke. Eigentlich

traue ich mich an die Bohnen aus Angst vor bakteriellen Bösewichten nur zögerlich heran, doch meine Not macht mich mutig. Die Bohnen sind nicht nur sehr lecker, sondern auch sehr sättigend. Und zum Glück verursachen sie keine unangenehmen Nebenwirkungen. Einmal die Woche an meinem arbeitsfreien Tag gönne ich mir etwas Abwechslung und esse unten in der Stadt in einem der verwestlichten Restaurants jede Menge Pfannkuchen.

Trotz meiner limitierten Chinesischkenntnissen schließen wir nach vier Wochen das Projekt fast vollständig ab. Allerdings ohne den geplanten Inokkulationsversuch, denn die kleinen Akazienbäume sind von vorbeiziehende Ziegen gefressen worden. Meinen Projektbericht schreibe ich in Ermangelung eines Computers mit der Hand. Meine persönliche Handschrift ist derart unleserlich, dass ich sogar selbst manchmal Probleme habe das Gekritzel zu erkennen. Die Kringel gleichen weniger Buchstaben, sondern vielmehr geheimen Symbolen, die eher nur als Gedächtnisstütze dienen. Daher gebe ich mir nicht nur mit dem Inhalt des Berichts große Mühe, sondern besonders auch mit seiner schriftlichen Optik. Der Amerikaner scheint mit meinem mehrseitigen Werk ganz zufrieden zu sein und verspricht alles zu versuchen um mich als Doktorandin in sein Projekt einzubringen. Ich bin ein kleines bisschen stolz, dass ich allen Widrigkeiten zum Trotz einen erfolgreichen Abschluss erreicht habe. Erst ganz am Ende lüftet die Ehefrau des netten chinesischen WWF-Mitarbeiters das Geheimnis um meine Schwierig-keiten. Der chinesische Professor hatte sie noch vor seiner Abreise in sein Komplott eingeweiht. Explizit hatte er wohl die Studenten instruiert: „NiMen KeYi Bu Ting Ta De Hua" („Ihr braucht nicht auf sie hören"). Auch die fehlende

Bezahlung zerstörte den letzten Funken an Motivation.

Diese andere, dunklere Seite von KunMing spiegelt wohl das wahre Gesicht der Stadt und begegnet mir abseits des Touristenbusiness auch außerhalb des Campus. Bei einer meiner Pfannkuchentrips in die Stadt beobachte ich wie ein Mann mitten auf der Strasse herumtaumelt und schreiend die Absperrungen mit den Füßen tritt und umwirft. Er wirkt nicht aggressiv, sondern eher frustriert und regelrecht verzweifelt. An diesem Tag bin ich eigentlich zuerst ganz froh, dass ich den letzten Bus zum BaiLong-Tempel verpasst habe. Denn ich will nicht wirklich im Dunkeln den Heimweg zu Fuß durch die unheimliche Ziegelfabrik antreten. Nun bleibt mir nur noch das Taxi, die scheinbar sichere Variante. Ein Taxi anzuhalten ist einfach. Doch sobald ich mein Ziel nenne, winken die Fahrer ab und lassen mich auf der Strasse stehen. Nach x Versuchen findet sich ein williger Fahrer, der allerdings einige Bedingungen stellt. Er verlangt einen horrenden Preis und einen zweiten Mann als Begleitschutz im Auto, denn die Gegend dort ist „WeiXian", gefährlich. Ganz zufällig habe ich diese Vokabel erst am Vortag ganz neu in meinen Wortschatz aufgenommen. Inzwischen bin ich so mürbe, dass ich trotz Zweifel mich auf seine Forderungen einlasse. Mir wird es ziemlich mulmig, als der zweite Mann zu uns ins Taxi steigt. Die Fahrt scheint mir unrealistisch lang zu sein und ich werde unruhig. Immer wieder frage ich den Fahrer, ob wir denn auch richtig sind. Die alternativ Route mit dem Bus zum BaiLong-Tempel ist bedeutend kürzer. Meine Unruhe beginnt sich langsam zu einer leichten Panik zu steigern. In meinem Kopf fliegen die Gedanken wild durcheinander. Ich bereue sämtliche Entscheidungen, die mich in diese Situation geführt haben.

Und ich überlege wie und wann ich mich aus dieser gefühlt immer größeren Gefahr befreien kann. Mein Kopfkino wird jäh unterbrochen, als ganz plötzlich das Taxi genau vor dem College-Hotel hält und ich auf wackligen Beinen in mein Zimmer eile.

Während einer kleinen Erkundungstour nahe des College fällt mir eine schmutzige Frau mit verfilzten Haaren auf. Sie trägt keine Schuhe, keine Socken, keine Hose und auch keine Unterhose. Sie ist bis auf einen Pullover nackt. Ihr Verhalten lässt auf einen verwirrten Geist und fehlende Fürsorge schliessen. Ich möchte mir gar nicht vorstellen was ihr so ungeschützt und verletzbar Tag für Tag zustoßen mag.

Auch der lockere erste Eindruck täuscht, mit Peking weit entfernt hält trotzdem jemand die Zügel streng hier in KunMing. Nicht nur werden meine Anrufe im College-Hotel ganz offen auf einem Tonband aufgezeichnet, sondern auch in den Wohnungen befinden sich in den Wänden Abhörwanzen in kleinen unverdeckten Löchern. Durch ein kleines Experiment verifiziere ich ihre Funktionstüchtigkeit. Mein Visum muss verlängert werden und ich spreche mein Anliegen deutlich und direkt in die Löcher in der Wand. Als ich am nächsten Tag „offiziell unangekündigt" an entsprechender Stelle vorstellig werde, ist man keineswegs überrascht und sogar vorbereitet. Der chinesische WWF-Mitarbeiter wird beauftragt und begleitet mich zur Polizeistation. Er verhandelt leider wenig erfolgreich mit dem machthabenden Beamten, der während der ganzen Diskussion seine strenge Miene ohne Erbarmen beibehält. Sein Urteil steht fest: Mein Visum kann laut Vorschrift, wenn überhaupt, frühstens zwei Tage vor Ablauf verlängert werden.

Wieder im Hostel unten in der Stadt warte ich wie verabredet auf den Studenten, der in den nächsten Tagen aus seiner Heimatprovinz mit dem Zug anreisen will. Schon immer will ich einmal die Magie des Himalaja schnuppern und seine Ausläufer im Nordöstlichen YunNan laden mich jetzt dazu ein. Nach seiner Ankunft halten wir uns nicht länger in KunMing auf. Noch am selben Tag bucht er bei einem kleinen auf Ausländer spezialisierten Busunternehmen unsere Fahrt Richtung Himalaja ins 300 km entfernte DaLi. Im Bus ist plötzlich der Student der einzige chinesische Fahrgast und ich eine unter vielen westlichen Touristen. Gleich neben uns sitzen zwei junge Israelinnen und sie fallen mir durch ihre rauen Umgangsformen auf. Diese Rohheit lässt alle Iraelis auf unserer Reiseroute hervorstechen und sie ist wohl dem gerade beendeten Armeedienst geschuldet. Der Bus bringt uns durch Nadelwälder den schneebedeckten Bergen immer näher. Die Fahrt geht nicht wirklich bergauf, den DaLi ist auf knapp 2000 m nur ungefähr 100 m höher als KunMing.

DaLi liegt traumhaft zwischen See und Bergen. Auf der einen Seite erstreckt sich das westliche Ufer des ErHai-Sees, dem zweitgrößten chinesischen Hochlandsee. Und auf der anderen Seite erhebt sich das CangShan-Gebirge mit seinen schneebedeckten Gipfeln. Die Luft ist kühl und klar und der Ausblick ist ringsum atemberaubend. DaLi wird mehrheitlich von der ethnischen Minderheit Bai bevölkert. Die Stadt ist ein Magnet für westliche Touristen und sie hat sich vollkommen auf deren Bedürfnisse eingestellt. Überall gibt es billige Hostels, westliches Essen, Fahrradverleih, Souvenirverkäufer und selbst mein Visum kann ich hier problemlos verlängern.

Mit zwei geliehenen Mountainbikes erkunden wir ohne konkretes Ziel die Natur in Richtung Berge. Ich genieße dieses ganz andere, ganz ungewohnte China: still, sauber und einsam. Wir strampeln heftig schnaufend auf Schotterwegen bergauf. Als mir die Luft ausgeht, ruhen wir uns eine Weile an einem klaren Gebirgsbach aus. Die Hose bis zu den Knien hochgekrempelt strecke ich meine bloßen Füße in das eiskalte Wasser. Der Temperaturschock schiesst durch meine Beine bis hoch ins Herz und lässt es kurz stocken. Der Student dagegen setzt sich tollkühn fast nackt mitten in den reißenden Bach und das eisige Wasser umspült seinen ganzen Körper. Nach recht kurzer Zeit sind wir beide ziemlich ausgekühlt und entscheiden uns für eine schnelle Rückkehr nach DaLi. Die Fahrt geht nun bergab und der Fahrtwind lässt mich in meinem dünnen und feucht geschwitzten T-Shirt frösteln. Meine klammen Finger können nur mühsam die Handbremsen bedienen. Hochkonzentriert bemühe ich mich und das Fahrrad auf dem rutschigen Weg unter Kontrolle zu halten. Zurück im Hostel wechsle ich in trockene und wärmere Kleidung bevor wir uns mit heißem Essen und Tee auch innerlich aufwärmen.

Am nächsten Morgen steigen wir zufällig wieder mit den beiden israelischen Mädchen in denselben Bus nach LiJiang. Nach 200 km Fahrt auf schmalen Straßen erreichen wir die Stadt auf einem 2.600 m hohen Plateau im südöstlichen Ausläufer des Himalaja. Die Stadt liegt am Mittellauf des JinSha-Flusses. Im Hintergrund erhebt sich das Jadedrachen-Schneegebirge (YuLongXueShan) mit seinen vergletscherten Gipfeln bis zu 5 600 m hoch. Die

Luft scheint hier noch klarer als in DaLi und ich kann tatsächlich die Magie des Himalajas spüren. Dem Himmel so nah, scheint alles so rein, so still, so erhaben, so göttlich zu sein. Ich hole tief Luft und in diesem Moment bin ich einfach nur.

Die Schlafsäale in unserem Hostel sind nach Geschlechtern getrennt. Im Frauensaal treffe ich auf die zwei Israelinnen. Wir vier bleiben an diesem Tag wohl die einzigen Gäste. Zum ersten Mal habe ich bewusst direkten Augenkontakt mit den beiden Mädchen und wir bestätigen mit einem „Hello" unsere offizielle gegenseitige Kenntnisnahme. Offenbar sind sie sehr neugierig auf mich und wollen gleich als erstes meine Nationalität wissen. In der Regel habe ich keine Probleme diese Frage zu beantworten, dient sie doch zum Abschätzen der Nähe zum eigenen Kulturkreis. Doch gegenüber den mutmaßlichen Jüdinnen fühle ich Schuld und Scham mich als Deutsche zu erkennen zu geben. Die kollektive Schuld des Dritten Reichs lastet selbst in der zweiten Folgegeneration noch schwer auf meinem Gewissen. Die Mädchen reagieren dagegen völlig neutral und die weitere Unterhaltung läuft unbeschwert.

In der Altstadt von LiJiang scheint die Zeit stehen geblieben zu sein. Die Häuser sind traditionell aus Lehmziegeln mit roten Türen, Fensterläden und Balkonen und den typisch geschwungenen Ziegeldächern. Sie rahmen die engen kopfsteingepflasterten Gassen und die vielen Wasserkanäle. Hier lebt die NaXi-Minderheit, die Nachkommen tibetischer Nomaden aus dem 10. Jahrhundert. Die NaXis haben ihre eigene DongBa-Kultur und sogar eine eigene Schrift mit über 2000 Piktogrammen entwickelt. Die Schriftrollen erinnern an moderne Kunst und in einem der vielen kleinen Künstlerläden suche ich mir eine lange vertikale Rolle aus.

Ich möchte noch näher heran, noch höher hinauf in die Berge des Himalajas. So buchen wir einen Tagesausflug ins Jadedrachen-Schneegebirge. Im Bus bin ich nun wieder allein unter Chinesen. Die Stimmung ist anfangs etwas verhalten mir gegenüber und schlägt dann durch den Studenten veranlasst sogar in Feindseligkeit um. Beim ersten Zwischenstopp in BaiSha besichtigen wir die unter nationalem Denkmalschutz stehenden Wandgemälde, die überwiegen aus der Ming-Zeit (1368 bis 1644) stammen. Die Bilder sind besonders interessant, da sie Figuren aus Buddhismus, Taoismus und Lamaismus harmonisch miteinander verschmelzen. Überall werden wir mit großen chinesischen Schriftzeichen darauf hingewiesen, dass fotografieren verboten ist. Doch das kümmert den Studenten wenig. Er beginnt ganz ungeniert mit meiner Kamera Fotos von dem streng gehüteten Kulturschatz aufzunehmen. Schon nach den ersten Klicks werden wir beide von zwei wütenden Männern aus dem Tempel geworfen. Und damit nicht genug, die Männer reden sehr aufgebracht auf den sturen Studenten ein. Ich verstehe kein Wort, doch irgendwie scheinen sie meine Kamera konfiszieren zu wollen. Die Männer werden immer lauter und aggressiver und um die Situation zu deeskalieren mische ich mich ein. Es geht wohl nicht um die Kamera, sondern nur um deren Film. Sie fordern immer massiver die Herausgabe des kompletten Filmes, doch ich bin nicht bereit den fast vollen Film aufzugeben. Kurzerhand öffne ich die Rückseite der Kamera und schwärze somit den exponierten Teil des Filmes und damit die verbotenen

Aufnahmen. Nach etwas gut zureden, geben sie sich damit zufrieden. Der Student zeigt sich immer noch uneinsichtig und schmollt wütend mit finsterer Miene. Widerwillig und nur nach meinem beharrlichen Drängen gibt er mir eine sehr kurze Erläuterung zum Streitgespräch. In den Augen seiner Landsleute ist er nicht nur ein Regelbrecher, sondern vielmehr ein Spion für den westlichen Feind. Dieser Pfeil sitzt sichtbar tief und schmerzhaft in seinem patriotischen Herz. Neben dem trotzig schweigenden Studenten und den anfeindenden Blicken der chinesischen Reisegruppe fällt es mir sehr schwer die Energie der Berge zu spüren. Und damit endet auch mein Ausflug in den Himalaya. Die Freizeit des Studenten ist abgelaufen, er muss zu seiner Familie zurück in sein Heimatdorf.

Auf dem Weg nach ShaoLin sitze ich ohne Begleitung im Zug nach ZhengZhou. Ich blicke meinem Alleingang souverän entgegen, denn die Optionen für den Transport nach ShaoLin und Übernachtung in ZhengZhou sind mir bekannt und liegen direkt beim Bahnhof. Der Zug rollt an und alle sind damit beschäftigt sich für die lange Reise einzurichten. Der Proviant wird auf dem kleinen Tisch ausgebreitet und die mitgebrachten Trinkgefäße mit dem im Zug immer verfügbaren heißen Wasser gefüllt. Ich bin die einzige Ausländerin im Waggon und nach einer nicht allzu langen Weile spüre ich einen intensiven Blick auf mich gerichtet. Etwas genervt starre ich ignorant aus dem Fenster, bis ich dann doch selbst neugierig bin welches Gesicht zu diesen unermüdlichen Augen gehört. Ein junges Mädchen mit schulterlanger Bobfrisur lächelt mich offen und freundlich an. Unwillkürlich erwidere ich ihr Lächeln und nur einen Augenblick später sitzt sie mir gegenüber. Leicht genervt erwarte ich, dass sie mich auf Englisch anspricht und mich nur als Übungsobjekt für englische Konversation sieht. Doch nach einem zaghaften „Hello" wechselt sie ins Chinesische und will wissen, ob ich sie verstehe. Sie spricht langsam und deutlich und ich werfe meine chinesischen Vokabeln kreativ zu fragmentierten Sätzen zusammen. Nachdem es mir in einer längeren und heiteren Unterhaltung gelungen ist ihren Wissensdurst zu stillen, zieht sie sich mit einem strahlenden Gesicht zufrieden zurück. Der Teenager ist mit seiner herzlichen und offenen Art bei sämtlichen Reisenden in den umliegenden Abteilen beliebt. Und ich ernte allgemein wohlwollende Blicke und gefälliges Nicken um mich herum. Eine junge Frau fasst die Gedanken aller in Worte und bedankt sich für meine Freundlichkeit und Geduld mit der neugierigen Schülerin. Diese regelrechte Herzlichkeit all dieser Reisenden gegenüber einer für sie völlig fremden Schülerin verwundert mich doch sehr. Sie hat wohl eine besondere Gabe die Herzen der Menschen zu berühren.

Die restliche Fahrt begnügt sie sich damit mir abundzu ihr strahlendstes Lächeln zu zuwerfen. Erst als sie den Zug in LuoYang verlässt, kommt sie nochmal kurz vorbei. Sie verweist mich an eine Gruppe junger Frauen, die wie ich in ZhengZhou aussteigen und mit mir zusammen eine Übernachtung suchen wollen. Erst einige Stunden später mitten in der Nacht erreichen wir den nächsten Halt in ZhengZhou. Noch gleich im Zug nehmen mich die jungen Frauen quasi an die Hand. Sie beschaffen mir mein Zugticket, dass mir die Zugbegleiterin eigentlich ohne Aufforderung gegen meine kleine metallene Bettplatzmarke zurück tauschen sollte. Trotz später Stunde herrscht ein reges Treiben am Bahnhof und es tummeln sich dort auch einige finster scheinende Gestalten. Ich fühle mich doch etwas eingeschüchtert und bin jetzt sehr dankbar für meinen chinesischen Begleitschutz. Die jungen Chinesinnen führen mich in eines der großen Hotels gleich gegenüber vom Bahnhof und wir checken zu viert in ein gemeinsames Zimmer ein. Die Frauen sind hungrig und brechen gleich wieder auf um sich vor dem Schlafen noch in einer der Garküchen satt zu essen. Mein Magen knurrt zwar aufmunternd, doch ich bin zu müde und entscheide mich sofort fürs Bett.

Am nächsten Morgen zerstreuen wir uns in alle Winde. Nur wenige Schritte bringen mich zurück zum Bahnhof. Auf dem großen Bahnhofsplatz kann ich schon von Weitem die kleinen Busse erkennen auf deren Seiten groß die chinesischen Schriftzeichen für ShaoLin-Tempel (少林寺) und dessen Wahrzeichen, das rote Tempeltor, leuchten. Noch bin ich zu früh, weder Fahrer noch Fahrgäste sind im oder am Bus. So gehe ich in dieser typisch chinesischen Sitzhocke vor dem Bus in Wartehaltung und geniese die Muße des Wartens. Nach einer Weile taucht der Fahrer auf und ich kann meinen Beobachtungsposten in den Bus hinein verlagern. Erst nach über einer Stunde sind genügend Fahrgäste an Bord und der Kleinbus nimmt schließlich seine Fahrt in Richtung ShaoLin-Kloster auf. Der Bus ist voll besetzt mit Tagestouristen und hält unterwegs mehrmals an diversen kleineren Tempelanlagen. Ich bin die Einzige mit großen Gepäck und ganz fokussiert auf unser Hauptziel. Die eigentlich zweistündige Fahrt zieht sich über den ganzen Vormittag. Während den kleinen Besichtigungen bleibe ich im Bus sitzen und jeder weitere Halt lässt mich tiefer vor Enttäuschung seufzen.

Nach dem dritten Stopp entschuldigt sich der Fahrer für diese zeitraubenden Sondereinlagen überraschend verständisvoll bei mir.

Am frühen Nachmittag fährt der Bus endlich auf den Parkplatz vor den Toren von ShaoLin. Aufgeregt schultere ich meinen Rucksack und vermeide die Eintrittsgebühr für Tagesgäste indem ich über den Schleichweg direkt zum Hotel beim WuShuGuan gehe. Ich checke ein, stelle nur kurz mein Gepäck ins Zimmer und mach mich sogleich auf die Suche nach dem alten Mönch, meinem offiziell dokumentierten ShiFu. Ich eile die von allerlei Verkaufsständen gesäumten Straße zum roten Tempeltor ungeduldig entlang und frage direkt am Eingangstor nach meinem ShiFu. Die Antwort des jungen Mönches dämpft meine gehobene Stimmung abrupt. Mein ShiFu ist nicht da und er ist wohl noch für längere Zeit verreist. Ich kann meine Enttäuschung nicht verbergen und mache auf dem Absatz kehrt ohne auch nur einen Blick in den Tempel werfen zu wollen.

Nach ein paar Schritten und ein paar tiefen Atemzügen sammele ich mich wieder und fokussiere mich auf mein nächstes Ziel, das WuShuGuan. Ich gehe direkt in den nicht öffentlichen Teil, in das Wohnquartier des Eliteteams. Dort klopfe ich an die Tür meines jetzigen ShiDi (師弟), dies bezeichnet einen jüngeren männlichen Schüler des gleichen Lehrers (ShiFu). Hinter der Tür bleibt es still, doch ich bleibe beharrlich. Als ich gerade das zweite Mal anklopfe, kommt zu meiner Rettung einer seiner Kollegen um die Ecke. Ohne Anfrage lässt er mich gleich wissen, dass derjenige, den ich suche gerade im gemeinschaftlichen Waschraum ist. Und unverzüglich informiert er meinen ShiDi über eine Ausländerin vor seiner Zimmertür. Etwas aufgeregt trete ich noch eine Weile von einem Bein auf das andere bis er in einem grünen knappen, nicht mal knielangen Frotteemantel plötzlich vor mir steht. Bei all den langnasigen Besuchern hier in ShaoLin habe ich leichte Zweifel, ob er sich auf Anhieb an mich erinnern kann. Als ich mich zu erklären versuche, unterbricht er mich direkt mit einem Lächeln: „Wo RenShi Ni" („Ich kenne dich").

Bevor er wieder im Waschraum verschwindet, öffnet er die Tür und dirigiert mich in seinem Zimmer auf einen Stuhl. Das Zimmer ist sehr spärlich ausgestattet. Unter dem geöffneten Fenster steht ein kleiner Tisch an dem ich auf einem der beiden Stühle sitze und an der Wand gegenüber ist ein Stockbett. Anstatt weicher Matratzen dienen lediglich Spanplatten als Liegeoberfläche. In einer Ecke auf einer kleinen Kommode ist eine Art Altar mit Buddhabild und einem sandgefüllten Gefäß indem noch ein abgebranntes Räucherstäbchen steckt. Wie oft in China üblich sind die Wände und der Boden ganz nackt, nur blanker Beton. Mein im Zimmer umherschweifender Blick kann keinen Kleiderschrank entdecken, allerdings sind unterm Bett einige Pappkartons verstaut. Mit einem Mal ist es dunkel und ein Schwarm kleiner Mücken stürmt durch das offene Fenster ins Zimmer. Wie ein unautorisierter Museumsbesucher beobachte ich tatenlos die Invasion. Dann endlich öffnet sich die Tür und ShiDi steht immer noch im grünen Frotteemantel und mit diesem Lächeln wieder vor mir. Sein Blick und auch seine Schritte wandern schnell zum offenen Fenster und den Invasoren. Indem er pustend das Fenster schließt, beendet er das wilde Treiben. Dann setzt er sich mir gegenüber auf das untere Bett, schlägt seine Beine übereinander und sein ganzes Gesicht lächelt mich an. Seine Augen sind hinter den zu Schlitzen verengten Lidern nicht mehr zu sehen. Vorsichtig tastet er sich an meine Chinesischkenntnisse heran, denn dies ist unser erstes Einzelgespräch. Seine Fragen stellt er langsam und deutlich und die erwartete Antwort beschränkt sich auf ein bis zwei Worte. Wir tauschen die wichtigsten Informationen aus: ShiFu ist nicht da; Ich bin alleine hier; Ich wohne im Hotel neben an; ich bleibe eine Woche; der Student kommt in ein paar Tagen nach. Meine Frage „Lass uns noch was Essen gehen?" beantwortet er auch sehr kurz „Chi Guo Le" („ich habe schon gegessen"). Bevor ich hungrig ins Hotel zurückkehre, verabreden wir zwanglos nacheinander Ausschau zuhalten.

Noch müde von der langen Fahrt und kurzen Nacht falle ich nach einer Dusche ins Bett und in einen tiefen Schlaf. Mein Plan für die nächsten Tage ist die Gegend zu er-wandern, zu meditieren und herauszufinden ob ich eventuell WuShu-Unterricht nehmen kann. Doch zunächst zieht es mich auf den SongShan, einer der fünf heiligen Berge des Daoismus. Das ShaoLin-Kloster liegt unmittel-bar zu seinen Füssen und über einen schmalen Pfad gelange ich zu einer dieser üblichen endlos Treppen, die auf chinesische Berge führen. In einem gleichmäßigen Tempo steige ich Stufe um Stufe und genieße die klare Luft, die Natur und die Einsamkeit. Kurz vor dem Gipfel führen die Treppen an der DaMo-Höhle vorbei. Es ist vielmehr eine kleine Einsiedlergrotte, deren Eingang mit Ziegelsteinen gefasst ist. Innen ist es dunkel und man kann kaum die Statue des meditierenden Bodhidharmas er-kennen. DaMo ist eigentlich ein indischer Mönch der im fünften Jahrhundert nach China auswanderte und sich im ShaoLin-Kloster niederließ. Laut Legende meditierte er neun Jahre in dieser Höhle und der Umriss seines Körpers soll an der gegenüberliegenden Felswand sichtbar sein. Nach seiner Erleuchtung kehrte er in den Tempel zurück und entwickelte den Chan-Buddhismus (Zen-Buddhismus) mit den dazugehörigen Meditationspraktiken und Qi Gong-Übungen aus denen später die ShaoLin-Kampfkunst entstand. Ein kurzer Blick genügt mir und ich nehme die letzten Stufen bis zum Gipfel. Oben drehe ich mich auf dem recht großen gepflasterten Platz in alle vier Himmelsrichtungen und bestaune die friedvolle Aussicht in die Weite der Landschaft.

Wir sind ganz alleine, nur ich und der SongShan. Ich will die Magie und Einsamkeit des Ortes für eine Meditation nutzen und platziere mich im Halblotossitz auf der gemauerten Brüstung eines kleinen Pavillons. Gerade als ich die Augen schließen will, schrecke ich auf als ein Teamkollege meines ShiDis leichtfüßig die letzte Stufe hoch trabt. Diese plötzliche Begegnung ist mir unangenehm und aus einer etwas verzerrten Sichtweise betrachte ich mich selbst als Störenfried. Unsere Blicke treffen sich kurz und von einem Impuls getrieben spring ich auf und stürme die Treppen hinunter. Der Schwung bringt mich all die Stufen bis an den Fuß des Berges und sogar noch weiter auf dem lehmigen Pfad Richtung Tempel. Als ich aus dem Augenwinkel eine zusammen geringelte braune Schlange unter einem Busch sehe, werden meine Schritte noch etwas schneller. Durstig und erschöpft von dem Bergauf und -ab und der sommerlichen Hitze nehme ich am Ende des Pfades direkt an der Hauptstraße dankbar und spontan an einem der Tische in einer sehr einfachen Gartenwirtschaft platzt. Es ist noch zu früh für die Tagestouristen und so genieße ich meine chinesische Brause als einziger Gast in aller Ruhe. Ich blicke auf den SongShan und bereue meinen völlig übereilten Abstieg. Mein Frust motiviert mich diese Bergtour für die Dauer meines Aufenthalts zu meiner täglichen Routine machen zu wollen. Ich bin nun auch hungrig und kaufe auf meinem Weg ins Hotelzimmer noch Obst. Vor den Stufen, die zum WuShuGuan hinaufführen, steht ein Händler mit nur einem einzigen Korb. Neugierig schiele ich hinein und entdecke darin eine Art Vollkornbrötchen und nehme gleich zwei mit. Und tatsächlich schmecken sie fast genauso wie ihr deutsches Gegenstück, nur etwas trockener.

Die Sonne steht inzwischen in ihrer vollen Kraft und die Luft und auch ich sind aufgeheizt. Eine kalte Dusche verschafft mir leider nur eine kurze Erleichterung und wider besseren Wissens schalte ich die Klimaanlage ein und döse lang ausgestreckt auf dem Bett ein. Nach nicht einmal einer halben Stunde sind meine Nasenschleimhäute völlig ausgetrocknet und ich werde von einem Gefühl zu ersticken erschreckt. Ich springe auf, schalte die Klimaanlage ab und reiße das Fenster auf. Ich versuche vergeblich meine Nasenschleimhäute mit meinem Speichel zu befeuchten. Erst nach einiger Zeit greifen meine körpereigenen Gegenmaßnahmen. Meine Schleimhäute schwellen an und produzieren im Übermaß Sekret, welches nun meine Nase verstopft und erneut eine freie Atmung behindert. Den kurzen Luxus eines gekühlten Raumes muss ich teuer mit einem heftigen Schnupfen bezahlen, der mich einige Tage komplett außer Gefecht setzt. Meine Pläne viel zu wandern und in der Natur zu meditieren muss ich nun in etwas passivere Aktivitäten abändern. Im Gegensatz zu meiner heftig laufenden Nase bewege ich mich selbst kaum noch. Mein Bewegungsradius beschränkt sich auf das Areal des WuShuGuans inklusive Hotel und der umliegenden Obst- und Gemüsestände.

Nach einer sehr verschnupften und schlaflosen Nacht treffe ich am späten Vormittag auf meinem Weg zum Einkaufen zufällig auf die Elitetruppe des WuShuGuans beim Training im Freien. Sie üben eine Gruppenformation und mein ShiDi ist schnell zu entdecken, denn er gibt die Einsätze mit einem bestimmten „Zuo" vor. Leise setze ich mich auf den Boden mit Sicht auf die sich synchron bewegende Truppe und lehne meinen Rücken gegen eine niedrige Mauer. Unwillkürlich haften meine Augen ausschließlich auf ShiDi. Er lässt sich weder durch meinen intensiven Blick, noch durch mein ständiges Nase Schnäuzen irritieren. Oder doch? Als das Training endet, läuft er mitten im Pulk seiner Kollegen davon ohne mich zu beachten. Ich hingegen hoffe auf ein gemeinsames Mittagessen und möchte ihn nicht einfach entwischen lassen. Ganz plump rufe ich ihn herbei. Er dreht sich überrascht zu mir um und kommt hastig näher. Er lässt mir keine Gelegenheit den Mund zu öffnen und erklärt mir, dass er jetzt keine Zeit hat und dringend zum Essen in die Kantine muss. Ich schiebe meinen nun recht kleinlauten Vorschlag mich in eines der kleinen Restaurants zu begleiten nach, doch mit einem sehr bestimmten „Bu Xing" („das geht nicht") lässt er mich enttäuscht stehen. So kaufe ich das letzte Brötchen im Korb des Händlers und ein paar Bananen am nächsten Obststand. Alleine will ich nicht ins Restaurant.

Kurz nach dem Essen sitze ich im Aufführungssaal des WuShuGuans und verfolge die tägliche Show für die Tagestouristen. Das Programm gibt einen kurzen Abriss über verschiedene Kung Fu-Stile mit und ohne Waffen: Langfaust, Bodenfaust, Gottesanbeterin, Schlange, Adler, Stock, Schwert, Breitschwert, Doppelbreitschwert, Kette. Als mein ShiDi auf die Bühne stürmt, hat er in jeder Hand ein Breitschwert. Er bewegt sich flink und explosiv und wirbelt dabei die Schwerter durch die Luft. Einen dramatischen Abschluss liefert eine Demonstration von hartem Qi Gong. Hierbei zerschlägt einer der Kämpfer relativ dicke Holzstöcke auf den ausgestreckten Armen und Beinen eines anderen entzwei.

Zurück im Hotelzimmer strecke ich mich auf meinem Bett aus und kämpfe mit meiner unruhigen Nase. Erst am Nachmittag raffe ich mich wieder auf um die nächste Trainingseinheit meines ShiDis nicht zu verpassen. Auf dem überschaulichen Gelände habe ich die Jungs recht schnell gefunden und wieder üben sie gemeinsam eine Gruppenformation. Wie am Vormittag konzentriere ich meinen Blick auf ShiDi, doch diesmal halte ich ihn nach Trainingsende nicht auf. Seine Absage am Vormittag hat mich verunsichert und ich überlasse ihm den nächsten Schritt auf mich zu. Meine tägliche Routine als Zuschauer richtet sich nun nach dem Ablauf dieser Wushu-Einheiten: Vormittagstraining, Touristenshow und Nachmittagstraining.

Die Hitze ist schwer zu ertragen und meine triefende Nase warnt mich stetig davor die Klimaanlage im Zimmer anzuschalten. Stattdessen versuche ich mich mit einer Dusche abzukühlen. Doch gerade als ich meinen ganzen

Körper dick eingeseift habe, bleibt die Wasserleitung plötzlich trocken. Mir bleibt nichts anderes übrig als mich mit dem Handtuch abzureiben. Und anstatt frisch und sauber, schlüpfe ich klebrig in meine Kleider. Für meine zweite Abkühlungsstrategie öffne ich die Zimmertür und die gegenüberliegende Fenster um einen Durchzug zu erzeugen. Als ich der gerade geöffneten Tür den Rücken zu drehe, höre ich ein leises Klopfen. Überrascht sehe ich mich um und schaue direkt in das lächelnde Gesicht von ShiDi. Mein Herz springt buchstäblich kurz vor Freude und ich winke ihn eiligst herein. Wir setzen uns direkt ans Fenster an einen kleinen Tisch in der Ecke des Zimmers. Etwas verwundert weist er mich gleich auf die ausgeschaltete Klimaanlage hin. „Wo Bu Neng KongTiao. KongTiao Gei Wo GanMao" („ich kann keine Klimaanlagen, von Klimaanlagen bekomme ich eine Erkältung"), erkläre ich ihm noch recht souverän auf Chinesisch und deute gleichzeitig mit dem Zeigefinger auf meine laufende Nase. Doch in unserer fortlaufenden Unterhaltung sind meine wenigen chinesischen Standardsätze recht schnell aufgebraucht und ich greife unbeholfen für jede Frage und jede Antwort mehrfach zum Wörterbuch. Als ich anfange jedes Wort nachzuschlagen, nimmt er galant reiß aus. Jahre später erzählte er mir, dass er damals für derartige Gespräche zu ungeduldig war. Doch er scheint die Mühe nicht völlig zu scheuen und kommt trotz alledem gelegentlich bei mir vorbei. Allerdings vereinfacht er mit einem kleinen Trick unsere Gespräche, indem er nun mehr erzählt als Fragen stellt. Er zeigt auf eine Narbe unter seinem linken Daumen, dort saß einmal ein sechster Finger. Und dieser Finger animierte zu seinem Spitznamen, „Kleine Sechs". Die Wortpausen füllt ShiDi mit seinem Lächeln. Ein Lächeln, das sein ganzes Gesicht beschäftigt. Seine Lider ziehen sich bis auf einen kleinen Schlitz zusammen und seine Augen sind kaum mehr zu erkennen. Seine Wangen sind angespannt und seine Zähne zeigen sich zwischen den breit geöffneten Lippen. Ein Lächeln, das tief aus seinem Herzen entspringen zu scheint. Ein Lächeln, das meine Seele auf eine irgendwie vertraute Weise berührt.

Mit einem regelmäßigen Gast möchte ich meinen Gastgeberpflichten etwas besser nachkommen und mehr als nur eine Tasse heißen Tee anbieten. Ich entscheide mich für eine Wassermelone, die erfrischend, süß und gesund ist. Die Erntezeit hat erst begonnen und das Angebot ist noch spärlich. Die Preise auf dem Markt sind flexibel, je nach Käufer oder Verfügbarkeit. Der erste Händler addiert ein Vielfaches als Ausländerbonus und der zweite nennt mir den regulären Preis. Ein bisschen stolz trage ich die Wassermelone in meinen Armen vor mir her. Als ich beim ersten Händler wieder vorbei komme, erkundigt er sich neugierig über den bezahlten Betrag. Er scheint ein guter Verlierer zu sein, denn meine Antwort findet seine Zustimmung wie er mir mit seinem hoch-gestreckten Daumen signalisiert. Fast jeder dem ich mit meiner Wassermelone begegne, interessiert sich für den von mir bezahlten Preis und nickt nach meiner Antwort zustimmend. Genauso reagiert auch ShiDi bei seinem nächsten Besuch als er die Wassermelone auf dem Tisch liegen sieht. Doch hartnäckig weigert er sich sie gemein-sam mit mir zu essen oder sie gar mitzunehmen. Darüber bin ich so enttäuscht, dass ich am Ende die nach einigen Tagen nun auch sauer gewordene Wassermelone in den Müll befördere.

Meine Nasenschleimhäute kehren nach einigen Tagen Chaos wieder in einen geordneteren Zustand zurück und ich fühle mich etwas mobiler. ShiDi scheint dies auch zu bemerken, denn er bestellt mich ohne weitere Erklärungen eines Morgens früh um 5 Uhr hinter das WuShuGuan-Gebäude. Nach einer Nacht im leichten Schlafmodus klingelt der Wecker um halb fünf und ohne viel zu räkeln stehe ich gleich aufrecht neben dem Bett. Bevor ich in meine Kleider schlüpfe, genügt mir eine Katzenwäsche. Und nach einem Schluck kalten Tee vom vorigen Abend, mache ich mich auch schon auf den Weg zum Treffpunkt. Von weitem sehe ich ihn zusammen mit seinem Zimmerkollegen auf mich warten. Obwohl ich eigentlich noch überpünktlich bin, ist es mir unangenehm die Letzte zu sein und ich entschuldige mich unnötigerweise. Vielmehr wird auch nicht gesprochen und zu dritt gehen wir mit recht zügigen Schritten den nächst gelegenen Berg hinauf. Ein lehmiger Pfad führt uns durch spärliches Gebüsch und als das Gelände ein kleine Plattform bietet, halten wir inne. ShiDi wirkt sehr ernst und erklärt: „Ich werde dir jetzt BaDuanJin zeigen. Du musst genau aufpassen, denn ich zeige dir jede Übung nur ein einziges Mal." „BaDuanJin" bedeutet „acht Brokate" und ist eine klassische und weitverbreitete Qi Gong-Kombination aus acht verschiedenen Übungen. BaDuanJin trainiert den Körper von Kopf bis Fuß und fördert die Gesundheit der inneren Organe.

Zuerst steht er ganz aufrecht, schließt die Augen und sammelt sich. Dann tritt er mit dem linken Bein schulterbreit zur Seite. Er atmet ein und führt beide Hände mit den Handflächen nach oben vor dem Körper bis zur Brust. Seine Finger verschränken sich ineinander und er dreht die

Handflächen nach außen und oben. Während er ausatmet und nach oben schaut, streckt er die Arme hoch über den Kopf. Diese Position hält er für eine kurze Weile. Er dreht die Handflächen nach unten, schaut wieder geradeaus, bringt die Hände langsam nach unten bis vor die Brust und atmet ein. Vor der Brust trennt er die verschränkten Finger, bringt die Hände ganz nach unten und atmet aus. „Shuang Shou Tuo Tian Li San Tiao" (mit beiden Händen den Himmel tragen und den Dreifacherwärmer korrigieren) stärkt Magen und Darm und stimuliert das Verdauungssystem. Mit einer Handgeste signalisiert er mir, dass ich jetzt an der Reihe bin. Fast zeitgleich mit Beginn der Übung setzt sich eine Fliege mitten in mein Gesicht. Als ich die Hände an meinem Gesicht vorbei nach oben führe versuche ich noch ganz stoisch zu sein, doch beim Rückweg halte ich es nicht mehr aus. Ich sabotiere die Übung und verscheuche die Fliege mit meiner Hand. Doch anstatt Verärgerung bringt meine Verzweiflungstat ShiDi zum Lachen und bricht die ernste Stimmung.

Er sammelt sich wieder und beginnt mit der zweiten Übung. Der Abstand zwischen seinen Füßen ist nun etwa doppelte Schulterbreite und er beugt die Knie bis zu einem rechten Winkel. Seinen Rücken hält er dabei aufrecht. Dies ist eine typische Grundstellung in zahlreichen asiatischen Kampfkünsten und wird im Chinesischen MaBu (Pferde-(Reiter)stand) genannt. Mit offenen Händen verschränkt er rechter über linkem Arm vor der Brust und schließt dann die Hände zu Fäusten und atmet ein. Er dreht den Kopf nach links und als ob er einen unsichtbaren Bogen spannt, streckt er den linken Arm mit gestreckten Daumen und Zeigefinger zur linken Seite aus, während er mit der rechten Faust die unsichtbare Bogensehne auf Schulterhöhe zur rechten Seite zieht und ausatmet. Er löst die Arm- und Handhaltung und verschränkt wieder mit offenen Händen diesmal linker über rechtem Arm vor der Brust und atmet ein. Er dreht den Kopf nach rechts und beim Ausatmen spannt er nun den Bogen nach rechts und führt den rechten Arm mit gestrecktem Daumen und Zeigefinger zur rechten Seite und spannt die unsichtbare Bogensehne nach links. Er löst nun wieder die Arm- und Handhaltung verschränkt wieder mit offenen Händen die Arme vor der Brust und atmet ein und führt beim Ausatmen Hände und Handflächen vor dem Körper nach unten, während er wieder mit dem linken Bein heran tritt. „Zuo You Kai Gong Si She Diao " (nach links und rechts den Bogen spannen und auf den Adler zielen) sorgt für eine gute Blutzirkulation in Herz und Lunge. Trotz großer Bemühungen ist mein MaBu von dem idealen rechten Kniewinkel weit entfernt und trotzdem beginnen meine Oberschenkel nach recht kurzer Zeit vor Schmerz zu brennen. Hoch fokussiert halte ich die Stellung bis zum Abschluss der Übung auf gleicher Höhe und versuche meine Pein nicht all zu deutlich zu zeigen.

Für die dritte Übung tritt er mit dem linken Bein diesmal nur schulterbreit zur Seite. Er führt beide Arme vor dem Körper nach oben, die Ellenbogen weichen nach Außen und die Handflächen sind nach unten gerichtet. Er atmet ein bis sich die Spitzen der Mittelfinger vor der Brust berühren. Nun streckt er den rechten Arm hoch über den Kopf, während die Handfläche nach oben und die Finger nach innen zeigen. Den linken Arm streckt er nach unten neben den Körper während die Handfläche nach unten und die Finger nach vorne zeigen. Gleichzeitig legt er seinen Kopf in den Nacken und atmet aus. Er hält die

Endposition kurz. Dann atmete er ein, bringt die Arme und Hände wieder vor die Brust und richtet den Kopf wieder gerade aus. Nun wiederholt er das Strecken der Arme, wechselt aber die Seiten und atmet aus. Wieder hält er die Endposition kurz. Er atmet ein, bringt die Arme und Hände wieder vor die Brust und richtet den Kopf wieder gerade aus. Nun führt er die Hände weiter nach unten, atmet aus und tritt mit dem linken Bein heran. „Tiao Li Pi Wei Dan Ju Shou" (die Hände einzeln heben um die Milz und Leber zu regulieren) reguliert Milz und Leber, fördert die Verdauung und Konzentration und hat eine beruhigende Wirkung. Ganz angenehm löst das Strecken der Arme und des ganzen Körpers meine verkrampften Oberschenkel.

Die Vierte Übung erfolgt im schulterbreiten aufrechten Stand. Zuerst atmet er ein, dann atmet er aus und dreht gleichzeitig nur den Kopf nach links und schaut nach hinten. Er verweilt kurz in dieser Position und dreht den Kopf beim Einatmen wieder nach vorne. Nun atmet er aus und dreht den Kopf gleichzeitig nach rechts und schaut nach hinten. Er verweilt kurz in dieser Position und dreht den Kopf mit dem Einatmen wieder nach vorne. Er beendet die Übung indem er mit dem linken Bein heran tritt. „Wu Lao Qi Shang Wang Hou Qiao" (die fünf Krankheiten und sieben Leiden überwinden durch Nach-hintenschauen) entspannt die Nackenmuskulatur, stärkt die Nerven und vertreibt Müdigkeit. Meine Oberschenkel sind nun erholt und wieder schmerzfrei.

Für die fünfte Übung tritt er nun mit dem linken Bein hinaus in die gefürchtete MaBu-Stellung und legt gleich-zeitig seine Handflächen auf den jeweiligen Oberschenkel und atmet ein. Er beugt den Kopf und Körper zur linken

Seite nach unten, schwenkt den Körper mit Kopf nach unten zur rechten Seite, richtet den ganzen Körper nach rechts gedreht nun in der GongBu-Stellung auf und atmet dabei aus. Bei der GongBu-Stellung, dem Bogen(schieß)-stand, ist das vordere Bein in einem rechten Winkel im Knie gebeugt und das hintere Bein ist gestreckt. Nun beugt er den Kopf und Körper nach unten, schwenkt den Körper mit Kopf nach unten ins Zentrum, richtet sich wieder in Mabu-Stellung auf und atmet ein. Er wiederholt den gleichen Bewegungsablauf zur anderen Seite hin. Er beendet die Übung indem er die Hände erst zur Seite und dann während er die Hände vor den Körper und nach unten führt, sich aufrichtet und mit dem linken Bein heran-tritt. "Yao Tou Bai Wei Qu Xin Huo" (Kopf und Schwanz schwingen um das Feuer im Herzen zu beruhigen) löst Verspannungen in Taille und Hüfte und erleichtert Brust-beklemmungen. Durch den ständigen Wechsel der Bein-stellungen meistern meine Oberschenkel die MaBu-Sequenzen viel leichter.

Er beginnt die sechste Übung, indem er mit dem linken Bein schulterbreit zur Seite tritt. Er führt beide Hände hinter den Rücken, legt die Hände aufeinander und stabilisiert mit dem Handrücken den Lendenwirbel-bereich. Er lehnt den Oberkörper leicht nach hinten, legt den Kopf in den Nacken, schaut nach oben und atmet ein. Dann beugt er den Oberkörper vorne über, während er mit den Händen an den jeweiligen Beinen entlang nach unten zu den Fersen streicht, die Fußrücken fasst und ausatmet. Während er seinen Atem natürlich fließen lässt, verweilt er einige Zeit in dieser Haltung. Mit dem Einatmen richtet er sich wieder auf, und tritt mit dem linken Bein heran. "Liang Shou Pan Zu Gu Shen Yao" (mit beiden Händen die

Füße fassen um die Nieren und Taille zu stabilisieren) stabilisiert die Nieren und den unteren Rücken und fördert den Qi-Fluss im ganzen Körper. Als ich mich vornüberbeuge, streicht er mit seiner Hand entlang meiner Hinterschenkel bis zu den Fersen hinunter um mir trotz meiner mangelnden verbalen Kommunikationsfähigkeit die Übung genau zu übermitteln. Aus genau diesem Grund entgeht mir auch das natürliche Fließen seines Atems während des Fußrückenfassens, denn ich halte angestrengt die Füße und den Atem. Und beim langsamen Aufrichten gelingt mir kein langsames Einsaugen der Luft, sondern ein sehr ruckartiger und geräuschvoller Atemzug verrät meine Not. ShiDi schüttelt den Kopf. "Kontrolliere deinen Atem", weist er mich an.

Während er zur siebten Übung mit dem linken Bein heraus in die MaBu-Stellung tritt, verschränkt er erst die Arme vor dem Körper und zieht dann die mit den Fingern nach oben gedrehten Fäuste neben die Hüftknochen und atmet ein. Er streckte den rechten Arm nach vorne aus, dreht gleichzeitig die Faust nach unten, reißt die Augen auf und atmet aus. Er öffnet die Faust, dreht die Handfläche nach oben während er die Faust wieder schließt, zieht den Arm zurück und atmet ein. Nun streckt er den linken Arm nach vorne aus und durchläuft den gleichen Bewegungsablauf. Und das Gleiche erfolgt mit dem rechten Arm zur rechten Seite, dem linken Arm zur linken Seite und dann gleichzeitig mit beiden Armen seitlich. Abschließend tritt er mit dem linken Bein heran, öffnet die Fäuste, verschränkt die Arme vor dem Körper bevor er sie seitlich führt und ausatmet. „Zan Quan Nu Mu Zeng Li Qi" (Fäuste ballen und wütend mit den Augen funkeln um das Qi zu stärken), hält den Körper und Geist gesund, verbessert die geistige Vitalität und stärkt die Muskeln. Um sicher zu gehen dass meine Oberschenkel diese recht lange Sequenz durchhalten, reduziere ich den Winkel meiner Kniegelenke auf 45 Grad. Nicht nur weil mir dieser Bewegungsablauf aus meinem Karatetraining sehr vertraut ist, sondern auch weil ShiDi so voller Anmut seine Fäuste schließt und öffnet, erkläre ich diese Übung spontan zu meinem persönlichen Favoriten.

Die Achte Übung erfolgt im geschlossenen und aufrechten Stand. Er führt beide Hände hinter den Rücken, legt die Hände aufeinander und stabilisiert mit dem Handrücken den Lendenwirbelbereich. Dann hebt er die Fersen, balanciert sein Gewicht auf den Zehenspitzen und atmet ein. Mit dem Ausatmen lässt er sich auf die Fersen fallen. Diesen Bewegungsablauf wiederholt er insgesamt acht Mal. Dann führt er die Arme zuerst vor den Körper und zur Seite. „Bei Hou Qi Dian Bai Bing Xiao" (den Rücken fallen lassen und die Fersen heben um hundert Krankheiten zu vertreiben) aktiviert den Qi-Fluss vom Scheitel bis zu den Fersen, löst Blockaden und stimuliert Heilungsprozesse. Zum Abschluss werden nun auch meine Wadenmuskeln spezifisch beansprucht. Neben der im Vordergrund stehenden Einwirkung der BaDuanJin Übungen auf den Qi-Fluss der Meridiane, halte ich die dabei geleistete Muskeldehnung und Muskelarbeit auch für signifikant.

Die unerwartete Lehrstunde ist beendet und ShiDi kehrt von der strengen Ernsthaftigkeit zu seinem herzlichen Lächeln zurück. Er fordert mich auf einige Karatetechniken zu zeigen, doch ich bin außer Übung und weiche seiner Bitte aus. Meiner Unsicherheit gewahr belässt er es dabei und ohne weitere Erklärung schickt er mich alleine voraus den Berg hinunter. Ich gehe davon aus, dass die Zwei dringend ohne mein Beisein etwas zu erledigen haben und unten angekommen warte ich. Nach wenigen Minuten tauchen die Beiden fröhlich miteinander plaudernd auf. Überrascht schaut mich ShiDi an und winkt ab: „Na Jiu She Zhe Yang" („dann ist es halt so"). Erst jetzt wird klar, dass dies ein heimliches Treffen ist und durch unsere gemeinsame Rückkehr entdeckt werden wird. Arglos habe ich mir bisher keinerlei Gedanken darüber gemacht, ob ShiDis Kontakt zu mir ihm irgendwelche Schwierigkeiten einbringen kann. Denn die gesuchte Verbindung mit den Besuchern ist hier rein geschäftlicher und nicht freundschaftlicher Art und ShiDis Position steht eigentlich keine der beiden Optionen offen.

Nachdem ich mir nun über seinen Handlungsspielraum etwas bewusster bin, übe ich die neuerworbene BaDuanJin-Routine nur ohne zufälliges Publikum ganz alleine in meinem Hotelzimmer. Doch wieder arglos entgeht mir, dass ich wohl unter intensiver Observierung stehe. Der Leiter des WuShuGuan höchstpersönlich gibt mir zu verstehen, dass er mich sogar in meinem Zimmer beobachtet: „Ni De BaDuanJin Hen Hao" („dein BaDuanJin ist gut"). Das erschrickt mich zwar, aber ich tauche nicht tiefer in die weitere gedankliche Analyse dieses Umstandes ein. Ich bin wieder aktiver und somit unwillkürlich auch interaktiver mit allen möglichen WuShuGuan-Gästen: deutsche Touristen auf China-Rundreise, ein chinesisches Filmteam bei den Filmaufnahmen und Dauergäste im Trainingslager. Letztere, zwei Jungs aus England und Singapur, laden mich zu einem Sonntagsausflug nach LuoYang ein. LuoYang ist einer der vier großen alten Hauptstädte mit Chinas ersten buddhistischen Tempel, einer kaiserlichen Schule und den LongMen-Grotten mit zahlreichen Buddhastatuen. Doch auch der Student will mit mir aufschließen und kündigt sich seit Tagen immer wieder neu an. Mit seinem eifersüchtigen Gespür trifft er genau an diesem Tag ein und vereitelt so meinen Abweg mit männlichen Begleitern.

Das Hotel ist voll belegt und dem Student wird gegen die offiziellen Regularien zuerst mein Zimmer zugewiesen. Und um Platz für weitere Gäste zu schaffen finden wir uns, nach einem weiteren Tag und nach einem kleinen Ausflug in die Berge ins Konferenzzimmer umquartiert. Die Hotel-führung hat ganz clever die Verantwortung dieser eigen-mächtigen Aktion einfach auf ShiDi übertragen. Er muß in unserer Abwesenheit nicht nur für uns einstehen, sondern sogar unsere Sachen zusammenpacken. Das neue Zimmer ist zwar riesig, doch leider ohne Sanitäreinrichtung. Uns steht die Personaltoilette inklusive kleinem Waschbecken im Flur zur Verfügung.

ShiDis Fokus wechselt auf den Studenten über und unsere Treffen gestalten sich nun plötzlich überwiegend als gemeinsame Essen in den kleinen Restaurants rund um das WuShuGuan. Bei den intensiven Männergesprächen bin ich wieder eine Nebensache und nur gelegentlich bedenkt mich ShiDi mit einem flüchtigen Lächeln. Der Student ist wie immer rastlos und drängt zur Abreise. Er bevorzugt mehr Komfort und Trubel und vor allem meine ungeteilte Aufmerksamkeit. Vor dem Abschied werden wie üblich noch einige gemeinsame Fotos geschossen. Und diesmal drückt mir ShiDi einen Zettel mit seiner Adresse in die Hand und bittet mich nicht nur um die meinige, sondern auch um einen gemeinsamen Briefwechsel. Er

hatte wohl damals schon eine außergewöhnliche Verbindung zwischen uns gespürt, die er unbedingt halten wollte.
Als Erinnerung und auch als kleines Englischtraining
überlasse ich ihm meine viel geschätzte Cat Stevens-
Musikkassette.

Noch am späten Nachmittag verlassen wir ShaoLin mit
dem letzten Touristenbus in Richtung ZhengZhou und der
Student besorgt uns für den nächsten Tag ein Zugticket
nach Peking. Meine Aufenthaltsdauer in der Hauptstadt
beschränkt sich auf wenige Tage und wird vom nächst-
möglichen Flug nach Bangkok bestimmt. Mein Plan ist
meine Asienerfahrung nicht nur auf China zu beschränken
und via Thai-Airlines liegt Thailand auf meinem Heimweg.
Mein Plan ist gen Norden zu den alten buddhistischen
Tempelanlagen in Ayutthaya und Sukhothai zu fahren.
Doch ich stelle fest, dass mein Reiseführer nicht nur groß
und unhandlich ist, sondern eher ein Bildband und äußerst
unpraktisch. Quasi orientierungslos irre ich zuerst nur
durch die unmittelbare Umgebung meines Hotels um mich
auf Land und Leute einzustimmen. Der üppige Blumen-
schmuck fällt mir gleich ins Auge, überall exotische
Orchideen in allen Farben. Doch leider sind nur die Blumen
so freundlich, die menschlichen Gesichter sind alle ernst
und vor allem die Frauen betrachten mich geradezu
abschätzig. Ich habe mir eine fröhlichere Atmosphäre hier
in Thailand erhofft, denn eigentlich will ich mich von
genau so einem Szenario nach vier Monaten China
erholen. Meine Beklommenheit verstecke ich in einem
ebenso ernsten Gesicht und mit einer betont aufrechten
Körperhaltung.

In einer Markthalle entdecke ich all die tropischen Früchte, deren Anbau ich an der Universität studiert hatte. Die Gerüche sind intensiv und nicht nur süßlich und angenehm, denn hier werden auch tote und lebende Tiere angeboten. Ich bin nicht experimentierfreudig und beschränke mich nur auf das Schauen. Denn laut meines Reiseführers benutzen die Thais Fischöl für die Zubereitung nahezu aller Speisen und sind somit für mich als strenger Vegetarier nicht tolerabel. Außerdem beschränkt sich mein Thailändisch auf Ja, Nein und Danke und so bleibt mir nur die Suche nach einem Restaurant mit westlichem Gerichten im Angebot.

Mein zufällig ausgewähltes Hotel liegt wohl in einer touristisch eher unattraktiven Lage, denn ich kann keine anderen Urlauber entdecken. Auch finde ich keinerlei Spuren der Backpacker-Szene, der ich mich für meine weiteren Reisepläne eigentlich anschließen will. Am nächsten Morgen dehne ich meinen Bewegungsradius mit einer Visitenkarte des Hotels und einem kleinen Thai-Sprachführer in der Tasche weiter aus und fahre mit dem nächstbesten TukTuk zum Großen Palast. Der Fahrer nimmt die gleiche Route wie die großen Reisebusse und hält kurz vor dem Ziel vor einer großen Markthalle voller Schmuckhändler. Unser Fahrt geht allerdings auf meinem Wink gleich weiter zum Ostufer des Chao Phraya zur ehemaligen Residenz der Könige von Siam.

Ob ich wohl den Beschützerinstinkt des Fahrers wecke oder ob er seine Kundin nicht aus den Augen verlieren will, in jedem Fall begleitet er meinen Tempelbesuch. Trotz oder vielleicht auch gerade wegen unserer Sprachbarriere hat er eine angenehme Art den Weg zu weisen und bei meiner tatsächlichen Besichtigung unmerklich in den

Hintergrund zu treten. All das Gold und der Prunk können mich nicht begeistern und ich beschränke mich darauf an den verschiedenen Tempeln nur vorbei zu schlendern. Nur einmal tritt mein stiller Begleiter an mich heran, deutet mit seiner Hand auf einen Tempel und sagt „Buddha". Wir stehen vor dem Wat Phra Kaeo, dem Tempel des Smaragdbuddhas, dem Nationalheiligtum Thailands. Der Andrang ist groß und es gelingt mir vom Eingang aus einen Blick auf den grünen Buddha zu erhaschen. Ein kurzer Blickkontakt zu meinem Begleiter und mit einem sich Zunicken kommen wir überein, dass ich genug gesehen habe. Auf dem Rückweg zum TukTuk muss er ein zweites Mal einschreiten um zu verhindern, dass ich ein weiteres thailändisches Kulturgut missachte. Gerade als ich eine Brücke betreten will, greift er mich am Arm und hält mich zurück. Ich sehe sehr wohl, dass uns ein Mönch entgegen kommt und ich weiß sehr wohl, dass thailändische Mönche keine Frauen berühren dürfen. Allerdings vergesse ich hier die Gefahr einer unbeabsichtigten Berührung. Die Fahrt geht wieder zum Hotel und ich kehre nach meiner ersten größeren Bangkok-Exkursion wohlbehalten in mein Zimmer zurück.

Die halbe Nacht wälze ich mich und meine Gedanken hin und her. Irgendwie kann ich mich für meine weiteren Thailandreisepläne nicht begeistern. Ohne einen ordentlichen Reiseführer finde ich den Weg in die Backpacker-Szene nicht. Und als ich mich nur noch in der mühsamen Rolle der Einzelkämpferin sehe, verlässt mich der Mut. Ich entscheide meine Reise zu beenden und nach vier Monaten in Asien heimzukehren. Als ich am nächsten Morgen aus dem Hotel trete, sehe ich gerade noch die Rückseite eines jungen Mannes mit lässig über die

Schulter geschwungener Reisetasche. Nur kurz spüre ich den Impuls mich ihm anschließen zu wollen, doch ich wende mich ab und mache mich auf den Weg zu einem Reisebüro um mein Flugticket umzubuchen. Und schon am nächsten Tag sitze ich im Flugzeug Richtung Frankfurt.

Zurück in Deutschland befinde ich mich zunächst wieder bei den Eltern im Wartemodus auf Neuigkeiten bezüglich meiner weiteren Zusammenarbeit mit dem WWF in China. Und diesmal bekomme ich schon nach wenigen Wochen Bescheid. Völlig unerwartet wird das komplette Projekt inklusive des WWF-Mannes durch die chinesische Seite gestrichen. Meine Reaktion ist zwiegespalten. Einerseits habe ich soviel Energie und Zeit in dieses Vorhaben gesteckt, dass sowohl meine Teenagerambitionen für den WWF im Naturschutz tätig zu sein und Chinas unerklärliche Anziehungskraft vereint. Aber anderseits zeigen sich die chinesischen Partner nicht sehr kooperationswillig und ich bin nicht wirklich bereit mein geliebtes Pferd mehrere Jahre zurückzulassen. So atme ich innerlich doch leise auf, dass mir die chinesische Willkür einen harten Weg und eine schwierige Entscheidung verwehrt.

Eine weitere unerwartet schnelle, aber eindeutig erfreuliche Nachricht aus China erreicht mich fast zeitgleich, ein Brief von ShiDi. Im Luftpostumschlag finde ich zwei extravagant gefaltete Seiten des offiziellen Briefpapiers der ShaoLin-Tempelschule für Kampfkünste. Mein schriftliches Chinesisch ist noch begrenzter als mein mündliches und um die handgeschrieben Zeichen zu enträtseln, kann ich mich nur auf mein schon vorhandenes Vokabular stützen. Es gibt zwar eine Methode um unbekannte Schriftzeichen im Wörterbuch nachzuschlagen. Dazu muss aber die Anzahl der Striche zählbar sein, die ein Zeichen bzw. die Teile des Zeichen zusammensetzen. Ein chinesisches Schriftzeichen besteht in der Regel aus mehreren Einzelteilen, dem Radikal und dem eigentlichen Zeichen. Radikale können nicht erkannt werden, sondern müssen gekannt werden. Für beides gibt es im vorderen Teil des Wörterbuches Listen, die eben nach Anzahl der verwendeten Striche sortiert sind. In der zweiten Liste, dem Schriftzeichenindex, wird Aussprache des kompletten Schriftzeichen verraten. Mit Hilfe dieser Information wird im alphabetisch geordneten Teil des Wörterbuchs schlussendlich die tatsächliche Bedeutung enthüllt. Allerdings sind vor allem die mir unbekannten handgeschrieben Zeichen von seinem kreativen Geist inspiriert und mit einem schwungvoll beinahe ununterbrochenen Strich ausgeführt. So lese ich immer wieder seinen Brief wie eine Art Lückentext und versuche die Fehlstellen zu erraten. Nach einigen Tagen glaube ich fast 70 % des Inhaltes entschlüsselt zu haben.

JieJie,
Grüße dich!

Ich denke du musst wütend auf mich sein, weil du meinen Brief erst jetzt erhalten hast?

Ich habe dir erst mehr als einen Monat nach deiner Abreise geschrieben, das tut mir wirklich leid. Das liegt daran, dass ich gleich ein paar Tage nach deiner Abreise nach Japan gereist bin. Ich war 12 Tage auf Showtour in Japan und hatte vor meiner

Abreise keine Zeit dir zu schreiben, bitte entschuldige.

Als ich in Japan war, wollte ich dir unbedingt eine Postkarte schicken. Aber du weißt ja wie das ist, wenn man in der Gruppe reist. Im Gegensatz zum alleine reisen gibt es da keine Freiheit. Sorry, das muss dich enttäuschen.

Was dich und GeGe betrifft, so hat mir GeGe ebenfalls geschrieben. Ich bin sehr enttäuscht. Was ich am meisten bedauere ist, dass ich nicht persönlich an eurer Hochzeit teilnehmen kann. Wenn es soweit ist, musst du mir Bescheid geben und ich werde dir ein Hochzeitsgeschenk schicken.

Ok, genug davon. Ich wünsche die ewiges Glück.

Beste Wünsche:

Möge die Gesundheit immer bei dir sein
Möge alles für dich reibungslos funktionieren

Xiao Di
3. September 1994

Leider verlor sich die wichtigste Information seines Briefes in den 30 % der mir verschlossenen Schriftzeichen. Der Abschnitt mit der Heirat entging mir wahrscheinlich auch deshalb, weil davon zu dieser Zeit keinerlei Rede war. Mit dieser Lüge gleich im ersten Brief wollte sich GeGe, der Student, wohl seine Beute vorzeitig sichern und den potentiellen Konkurrenten abdrängen.

ShiDi bezeichnet sich selbst im Brief als Xiao Di, kleiner Bruder. Mich nennt er JieJie, ältere Schwester, und den Studenten GeGe, älterer Bruder. In China wird großzügig jeder aus der eigenen Generation schnell als Bruder oder Schwester betitelt zu dem irgendeine Art von Verbindung oder Bekanntschaft besteht. Im Chinesischen werden die Verwandschaftsverhältnisse ganz präzise deklariert. JieJie ist die ältere Schwester und MeiMei die jüngere. GeGe ist der ältere Bruder und DiDi der jüngere. Die Verdoppelung kann auch durch ein Da für älter und Xiao für jünger ersetzt werden wie bei Xiao Di. Die Benennung potenziert sich für die nächstältere Generation. Für Tante gibt es fünf Grundformen mit weiteren Variationen: GuGu ist die Schwester des Vaters. Ayi ist die Schwester der Mutter. ShenZi ist Ehefrau eines jüngeren Bruders des Vaters. BoMu ist die Ehefrau eines älteren Bruders des Vaters. JieMu die Ehefrau eines Bruders der Frau. Oma unterscheidet zwischen NaiNai, väterlicherseits, und WaiPo, mütterlicherseits. Interessant ist, dass die Bezeichnung der weiblichen Linien wieder ungenauer wird und die Oma sogar zur „fremden alten Frau" wird. Traditionell ist nur die männliche Linie für die Familie wichtig. Die Ehefrau erhält nicht einmal den Namen des Ehemannes, der bleibt nur ihren Kindern vorbehalten.

Meine berufliche Zukunft ist nach einer über einjährigen und fehlgeschlagenen Planung gerade ohne konkrete Orientierung. Müde von Experimenten zieht es mich mit Pferd wieder zurück in das bekannte Umfeld, in den alten

Stall und an die alte Universität. Bis sich mir eine neue Perspektive eröffnet, schlage ich mich als Hilfskraft für Ernte- und Boniturarbeiten bei den Pflanzenzüchtern durch. An einer Doktorarbeit halte ich weiterhin fest und ich lasse mich von meinem fehlgeschlagen Rhizobienprojekt in YunNan inspirieren. Die Rhizobien führen mich zu dem entsprechenden Professor am Institut für Pflanzenernährung, doch leider hat er gerade keinerlei freie Stellen. Er schickt mich aber eine Tür weiter. Enttäuscht und etwas widerwillig klopfe ich an der nächsten Tür und werde auch gleich hereingebeten. Dort wird mir mit viel Begeisterung ein Projekt über die Auswirkungen von erhöhten atmosphärischen CO_2-Konzentrationen und verschiedenen Stickstoffformen auf das Pflanzenwachstum angeboten. Das Projekt ist wohl schon länger vakant und sofort zu besetzen. Ich werde weitergereicht und bei dem nächsten Gespräch finde ich keinen richtigen Zugang zu dem direkten Projektleiter. Ich benötige einige Tage um mich zu überzeugen und finde Argumente wie erhöhte atmosphärische CO_2-Konzentrationen sind umweltrelevant, Stickstoffformen sind mir aus meiner Diplomarbeit vertraut und wahrscheinlich am wesentlichsten das lange Warten zu beenden. Mit großem Zuspruch meines näheren Umfelds sage ich zu.

Gleich am nächsten Wochenende schreibe ich einen Brief an Xiao Di. Einige Stunden blättere ich in meinem chinesischen Wörterbuch hin und her, suche all diese exotischen Wörter wie Doktorarbeit und versuche mein Bestes die Schriftzeichen identisch zu kopieren. Am Morgen werfe ich den Brief ein und am Abend liegt schon wieder ein Brief aus China für mich bereit. Ich vermute den monatlichen Brief des Studenten, doch mein Herz beginnt zu klopfen als ich den Brief Xiao Di zuordnen kann. Ich verbringe wieder Tage mit der Entschlüsselung der Schriftzeichen. Ich erkenne zwar, dass er mir eine wichtige Frage stellt, aber die genaue Bedeutung bleibt mir unklar. Diesmal bitte ich meinen chinesischen Wushu-Trainer um Übersetzungshilfe.

JieJie,

Dein Bruder, Ich habe deinen Antwortbrief erhalten und bin sehr dankbar, dass du mir auf Chinesisch geschrieben hast. Darüber hinaus freue ich mich sehr, dass deine Schriftzeichen gut geschrieben sind!

Heute schreibe ich dir vor allem um dich über die derzeitige Situation von ShiFu zu informieren, über die ich selbst erst seit ein paar Tagen auf dem Laufenden bin. An dem Tag als ShiFu anrief war ich gerade mitten beim Training. Ich war sehr aufgeregt und habe ihn gefragt wo er die letzten sechs Monate geblieben war. Er war erst in Shenzhen und jetzt ist er in JiangShu im ZhuGuangFu-Tempel. Er sagt, dass es ihm sehr gut ginge. Ich habe ShiFu erzählt, dass du und GeGe nach ShaoLin gekommen seid um ihn zu besuchen. Er hat sich sehr gefreut, als er das gehört hat. ShiFu hat mich gebeten ihm deine Adresse zu geben und so habe ich sie ihm gestern geschickt. ShiFu hat auch gesagt, dass er irgendwann wieder nach ShaoLin zurückkommen wird. Wenn es soweit ist, wird er Bescheid geben.

Ich vermisse dich sehr, Schwester. Ich wünschte, du würdest mich wie deinen wirklichen kleinen Bruder behandeln, einverstanden?

In meinem Leben habe ich keine leibliche ältere Schwester. Als ich dich kennengelernt habe, fühlte ich mich nicht von dir eingeschüchtert anders als bei anderen Ausländern. Stattdessen finde ich dich tatsächlich sehr nahbar. Du bist offen und frei und deshalb bin ich auf die Idee gekommen, dir diesen Vorschlag zu machen. Ich bin nicht sicher, ob du mich als deinen kleinen Schwurbruder annehmen willst.

Zum Schluss noch hoffe ich, dass du mir oft schreibst. Ohne häufigen Kontakt, werden wir sicher die Verbindung verlieren. OK, bitte grüße deine Eltern von mir!

Beste Wünsche:
    Mögen alle deine Wünsche wahr werden
    Möge jeder Tag ein glücklicher Tag für dich sein

                    Xiao Di

              18.Oktober 1994

Als der Inhalt dieses Briefes nach Tagen endlich offen liegt, verfasse ich eiligst eine Antwort. Sein Wunsch mit mir durch eine Art Versprechen verbunden zu sein, berührt mein Herz ganz tief. Auch ich spüre diese Nähe, die ich noch nicht zuordnen kann. Und auch ich spüre das Bedürfnis diese Beziehung zu festigen um sicher zustellen, dass wir uns nicht verlieren werden. Erst viele Jahre später wurde mir klar, dass dieser Schwester-Bruder-Bund auch eine Gegenmaßnahme zu der von dem Studenten vorgetäuschten Heirat war. Damit legitimierte Xiao Di unseren weiteren und auch einen engeren Kontakt. Diese Tradition der rituellen Verbindung ist alt und auch heute noch in China weitverbreitet. Die Motive für eine Schwurbruder/schwesterschaft sind vielfältig und nicht nur freundschaftlicher Art, sondern der Bund wird auch aus politischen, geschäftlichen und gesellschaftlichen Gründen von mindestens zwei oder beliebig vielen Personen geschlossen.

Unsere Briefe beginnen sich zu überlappen ...

Da Jie,

Es ist schon wieder eine ganze Weile her, als ich dir zuletzt geschrieben habe. Ich vermisse dich sehr. In meinem letzten Brief war ich zu kindisch, bitte nimm es mir nicht übel. Mein Beweggrund war, dass ich denke du und GeGe sind gute Menschen. Und weil ich keine älteren Geschwister habe, kam mir der Gedanke ganz natürlich nachdem ich euch beide jetzt einige Monate kenne.

Ich muss wohl sehr unreif sein um so was zu fragen. Nachdem ich den Brief weggeschickt hatte, habe ich meine Worte bereut. Ich meine, du kennst mich ja kaum, warum solltest du mich sogar als deinen Schwurbruder annehmen, richtig?!

Ich bin mir sicher, dass du mich ausgelacht hast, nachdem du meinen Brief gelesen hast. Aber leider kann ich den Brief nicht zurücknehmen, so sehr ich es auch gerne täte. Alles was mir jetzt noch übrig bleibt ist dich zu bitten so zu tun, als ob ich dich nie gefragt oder so was gesagt hätte, bitte sei nicht böse!

Du hast in deinem Brief geschrieben, dass du im Oktober eine Doktorarbeit angefangen hast. Ich nehme an, dass du jetzt ziemlich viel zu tun hast!

Ich habe das Englischbuch und die Sprachkassetten, die mir GeGe geschickt hat, erhalten. Er hat geschrieben, dass er bald nach Deutschland geht und ich bin nicht sicher, ob er schon da ist.

Ich bin ihm sehr dankbar, dass er mir das Englischbuch und die Sprachkassetten zugeschickt hat. Er hat mir auch geschrieben, dass du ihn daran erinnerst hast bevor du nach Hause geflogen bist. Als ich das gelesen haben, hat es mich wirklich berührt.

Ihr beide habt mich mit soviel Freundlichkeit behandelt, ich weiß nicht wirklich was ich sagen soll, denn ich kenne mich in deiner Kultur nicht aus.

Die Shaolin Tempel Kampfkunstakademie ist jetzt in den Ferien geschlossen. Und ich bin nicht sicher, ob ich für das Chinesische Neujahrsfest nach Hause fahren kann. Ich kann nur Urlaub beantragen, wenn ich keine Shows im Ausland habe.

Stattdessen werde ich hier in der Akademie trainieren und Englisch lernen. Wenn ihr beide mal wieder Zeit habt, kommt gerne hier in ShaoLin vorbei und besucht mich. Ich werde dann sicher mit euch auf Englisch reden können.

Ansonsten gibt es nichts neues. Ich hoffe, dass du mir sofort zurückschreibst, wenn du meinen Brief bekommst. Wenn GeGe bei dir ist, erinnere ihn daran mir auch zu schreiben!

Zu guter Letzt, beste Wünsche:
>   Möge Gesundheit immer bei die sein
>   Möge dein Studium reibungslos verlaufen

Xiao Di

26. November 1994

...und das sorgt für Verunsicherung. Seine schriftliche Selbstkasteiung macht sehr deutlich wie emotional und wichtig unsere Verbindung für ihn ist. Inzwischen ist der Student in Deutschland eingetroffen und wir wohnen zusammen in meinem kleinen Zimmer. Alles wird geteilt und bis ich nach Hause komme hat er auch schon meinen

Brief geöffnet und gelesen. Allerdings ist er eine eifersüchtige Übersetzungshilfe, laut dem Studenten steht in dem zwei Seiten langen Brief nur „blablabla". Diesmal kann ich den wichtigen Teil selbst entziffern und ich kann Xiao Dis Enttäuschung regelrecht in den Zeilen spüren. Meinen entsprechenden Antwortbrief hält er hoffentlich inzwischen in den Händen und damit unseren ewigen Bund der Freundschaft.

Glossar der chinesischen Personenbezeichnungen

Da Jie	Ältere Schwester
GeGe	Älterer Bruder
JieJie	Ältere Schwester
ShiDi	männlicher und jüngerer Mitschüler des eigenen Meisters
ShiFu	Meister/Lehrer
TuDi	Schüler eines Meisters
Xiao Di	Jüngerer Bruder